「言えよ、飛鳥。俺が欲しいって」

飛鳥は息を飲み、ぎゅっと唇をかむ。
そしてようやく首をふった。
「なんだ、まだそんな余裕があるのか?」
おやおや…、と言いながら、
桂史郎はさらに飛鳥をじらし続けた。
まるで、さっきの仕返しみたいに。

歯科医は愛を試される

歯科医は愛を試される

水壬楓子

13135

角川ルビー文庫

歯科医は愛を試される

Contents

歯科医は愛を試される 5
あとがき 228

口絵・本文イラスト／桜城《さくらぎ》やや

……なんでこんなことになったんだ……。

日高飛鳥《ひだかあすか》はボストンバッグを片手に、呆然《ぼうぜん》とそのドアの前に立ちつくしていた。

K・Hanasaki――。

何度確認《かくにん》しても間違《まちが》いなく、目の前にはその表札がかかっている。

あたりまえだ。この名前の男の部屋を目指して来たわけだから。

それで別の部屋の前に来ていたら、よっぽど、身体《からだ》ごと拒否《きよひ》しているということだろう。いや、実際できればそうしたいのは山々だったけど。

その名前をためつすがめつして、飛鳥は大きなため息をつく。

いったいなんでこんなことに………。

しかし何度考えても行き着くところは同じで。

――ちくしょうっ、茜《あかね》のヤツっっ！

三つ年下の妹を心の中で罵倒《ばとう》しながら、しかしどうののしったところで事態が好転するわけでもなく。

もうかなり長い間ドアの前でぐずぐずしていた飛鳥は、ようやく意を決してインターフォンに手を伸《の》ばした。

と。

「どわぁぁぁっっっ！」

しかしその指がボタンに触《ふ》れる寸前、前触《まえぶ》れもなくドアが開いて、飛鳥は反射的に身体をのけぞらせた。

あやうく身体のバランスをくずしてコケそうになる。たたらを踏《ふ》むようにしてなんとか持ち直した。

「なんだ、おまえか」

ハーッ…、と思わず安堵《あんど》の息をついた飛鳥の頭上から、いかにもあきれたような声が降ってくる。

飽《あ》きるほど聞き覚えのある声だ。

むっつりと顔を上げた飛鳥の前に、いいかげん飽きるほど見覚えのある男がさらにあきれたような目で飛鳥を眺めながら立っていた。

この部屋の持ち主――花崎桂史郎《はなさきけいしろう》である。

飛鳥と同じ二十八歳だが、歯科医という仕事のせいか飛鳥よりずっと落ち着いた物腰《ものごし》で、体格的にも華奢《きゃしゃ》な飛鳥に比べるとぐっとオトナの男、という雰囲気《ふんいき》がある。

まあ、飛鳥の方がこの年にしてはいくぶん子供っぽく見られる、というのもあるが。

しかし桂史郎の方は、小さい頃《ころ》はハナ垂れ小僧《こぞう》でピーピー泣いていたくせに、いつの間にか男っぽい色気のある二枚目に成長していて、『マスクで顔半分見えなくてもハンサムな若先生』などと患者《かんじゃ》の奥さまお嬢様方《じょう》に言われているらしいのが、妙《みょう》にムカツク。

飛鳥に言わせると、マスクで隠《かく》れてるからハンサムに見えるんじゃないのか、とつっこみたいところだったが。

しかし実際、桂史郎が父が院長を務める歯科医院に帰ってきてから、一気に女性客が増えたらしい。

ただ桂史郎は一般《いっぱん》の治療《ちりょう》の他《ほか》に美容歯科の方も行っているようなので、女性客が多いのはあたりまえなのかもしれない。

飛鳥には偉《えら》そうで不遜《ふそん》にしか響《ひび》かない男の声も、

『若先生の声って気持ちがよくて落ち着くのよね～』

などと女性客には好評のようだ。

まあ、飛鳥のは単なる偏見《へんけん》とも言える。やっぱり感情的にイロイロと引っかかるところがあるのだろう。

ドアの前でようやく体勢を直した飛鳥は、むっつりとしたまま男をにらみ上げた。

「ぶねぇじゃねぇか…、いきなり」

しかし桂史郎はあっさりと肩《かた》をすくめる。

「ドアの前でもう三十分近くもうろうろしている不審者《ふしんしゃ》がいる、とご近所から警告の電話があってな」

誰《だれ》が不審者だっ、と飛鳥は内心でわめいたが、しかし確かに長いことドアの前で迷っていたのは事実で。

我ながら情けないことに、だ。

「俺の熱烈《ねつれつ》なファンかと思ったぞ」

すかして言った男に、飛鳥はケッ、と横を向いて吐《は》き出した。

「てめぇによりつくのはストーカーくらいだろ」

「ほう？　おまえはいつから俺のストーカーになったんだ？」

微妙《びみょう》に眉《まゆ》を上げ、にやりと笑って言われて、飛鳥は思わずかみついていた。

「誰がなるかっっ！」

くっくっ、と桂史郎が喉《のど》を鳴らして笑った。

「だったらそんなところでぼけっとつっ立ってないでさっさと入ってくればいいだろう？　今日からおまえの家にもなるんだし？」

からかうような微妙なイントネーションで言われて、飛鳥はカーッ、と頭に血がのぼるようだった。

なんだか恥《は》ずかしいような、悔《くや》しいような。

複雑に腹の立つ気分だ。

……ああああ。

くるりと向きを変えると、さっさと先に立って中へ入った男のやたら大きな背中を見つめながら、飛鳥はまたしても深いため息を吐き出した。

まったく。

いったいどうしてこんなことになったんだ…………？

そもそも、ことの始まりはおめでたい話だった。……ある意味においては。

飛鳥の妹である、茜が結婚《けっこん》したのである。

その相手については、飛鳥としても十分に賛成できる男だった。

昔からよく知っている人間で、飛鳥にとっても小学校から高校まで、ずっと同じ学校の先輩《せんぱい》にあたる。近所に住んでいて、校区がずっと同じだったのだ。

昔からおっとりと穏《おだ》やかな性格の男だった。飛鳥にも優《やさ》しくて、よくオモチャを貸してくれたり、宿題を見てくれたり、あちこちと遊びに連れて行ってくれたりもした。

飛鳥の二つ上、茜からは五つ年上になる。

茜は中学から私立の女子校へ通っていたし年も離《はな》れているので、茜自身は彼とは小学校の時くらいしか同じ学校に通うことはなかったが、やっぱり昔から近所に住むお兄ちゃん、というよく面倒《めんどう》をみてくれた存在ではあった。

いわば幼馴染《おさななじ》み、というのか。

茜は昔から気の強い女だったので、彼の方が「茜ちゃんにはかなわないなあ…」といつも苦笑いしているような感じだった。

それがいつからそんな恋愛《れんあい》関係になったのか。結婚どころか、妊娠《にんしん》した、という衝撃《しょうげき》の告白をされるまでまったく気がつかなかった。

もっとも飛鳥は大学を卒業した二十二の時から去年帰ってくるまでの五年間、ずっとヨーロッパをあっちこっち転々としていてほとんど日本には帰ってこなかったので、その間に何かきっかけがあって進展したのかもしれない。

性格もいいし、家族背景もよくわかっているし、顔も悪くない。年上の昔馴染みがいきなり「弟」になるという違和感《いわかん》はあるが、身内としてはつきあいやすい男だ。

いや、飛鳥の方がかえって、「こんな女で本当にいいのかっ？　後悔《こうかい》はしないのかっ？」と問いただしたいくらいだ。

その妹の結婚相手、花崎裕一朗《ゆういちろう》のたった一つの問題点——飛鳥にとっての——といえば。

桂史郎の兄だ、ということだけだった。

飛鳥と桂史郎は、小学校からずっと同級生だった。いや、その前の幼稚園《ようちえん》から一緒《いっしょ》だった。さらにいえば、生まれた病院も同じだ。

しかも誕生日は一日違《ちが》いで。桂史郎の方がほんの一日だけ、早い。

そのたった一日の違いが体格やら頭脳やらに反映しているようで、母を恨《うら》む筋ではないが、やっぱり妙に腹が立つ。

そんなご近所の桂史郎の家は父親の代からの歯医者で、そして飛鳥の家は洋菓子《ようがし》店だった。同じマンションの二階と一階で。近所にそのマンションが建てられた時、一緒にテナントとして入ったのだ。

商売敵《がたき》というわけではないが、微妙な関係ではある。

昔から店の客にも、

「ケーキ屋の二階に歯医者があるなんてアフターケアも万全《ばんぜん》ねえ」

などと、よく笑われていた。

しかし「虫歯になったらすぐ歯医者に行ける」というメリットは、歯医者の側にはあるかもしれないが、「歯医者に来たついでにケーキを買う」という客はまずいないだろう。どちらかといえば、どれだけ甘いモノが好きな人でも、歯医者の帰りは「今日はやめておこうか」と自《じ》粛《しゅく》することの方が多い気がする。

そう考えると、そこはかとなく損をしているような気にもなるのだ。

まあ、便利なのか不便なのかはともかく、昔からご近所の親同士は仲がよかった。今回の両家の結婚についても、諸手《もろて》をあげて賛成している。

仲が悪かったのは、同級生の息子《むすこ》たちだけで。

いや、悪かった、というわけでは決してなかったのだろう。

ただおたがいに、ずっとライバル意識のようなものがあった。

生まれた時からずっと一緒に育ってきて。毎日毎日、幼稚園でも公園でも学校でも顔をつきあわせて。入学も卒業も公園デビューも同じで。

たわいもないことでケンカして、仲直りして、そのくり返し。

小さい頃《ころ》は誕生日も一緒に祝った。というか、双方《そうほう》の親が面倒なので、一緒にされた、というべきか。

プレゼントもおそろいのものが多くて、なんだかお手軽にすまされているような感じで、ちょっと不満に思ったこともある。

ケーキはもちろん飛鳥の父が作って、その代わりに桂史郎の母が手料理を持ちよって。

おたがいの身体《からだ》のホクロの数も、傷跡《きずあと》もその由来も、オネショをしていた年まで知っているし、初恋《はつこい》も初キスも失恋《しつれん》も……すべてバレバレで。

公園のブランコを競《きそ》い合うようにこいで、運動会のかけっこでがむしゃらに走って。

跳《と》び箱《ばこ》も水泳も、そして勉強も、負けないように必死になって競い合った。好きになる女の子のタイプも、なぜか似通っていた。

だが。

一緒に育ってきて、いつも隣《となり》にいたはずの桂史郎は、いつからか飛鳥の目の前をちらちらするようになり、そして気がつくとずっと先の方を歩いていた。

飛鳥だって、飛鳥なりにいろいろとがんばってきたつもりだったが、いったい何が違っていたのだろう……？

桂史郎はそんな飛鳥の努力も鼻で笑うように、眉目秀麗《びもくしゅうれい》、頭脳明晰《めいせき》、品行方正、文武両道と、いろんな四文字熟語を頭に冠《かん》するような男にめきめき成長していた。

もっとも飛鳥に言わせると、「極悪非道」あたりもつけくわえたいところだが、そういう面はうまく人前では隠《かく》しているようだ。

小学校から続けている剣道《けんどう》は、高校の時にはインターハイの個人で三位に入る実力だったし、国立の医科歯科大にストレートで入るくらい頭はよかった。

教師たちにもはっきりとものを言い、どこにでもいるガラの悪い連中へのにらみもしっかりときかせていて、その人望から小、中、高校と生徒会長も務めていた。

ふだんはぴしっとクールな雰囲気《ふんいき》で、しかし気さくで気のきいた冗談《じょうだん》を言うような一面も見せる桂史郎は、当然女の子の間で人気は高かったし、同性からも好かれていた。

「あいつと幼馴染みかァ…、大変だな、飛鳥」

と、友人には他人事《ひとごと》に笑われたが、まったくその通りで。

実際、何かにつけて比較《ひかく》されてきたのだ。

飛鳥の方はといえば、まあ、成績はごく普通《ふつう》、というところで、多分、容姿としても問題はない。はずだ。

桂史郎と比べて精悍《せいかん》で男っぽいというイメージではなく、カワイイめの勝ち気な雰囲気で、どちらかといえばお姉様あたりに可愛《かわい》がられるタイプだろう。……それも、飛鳥にとってはいくぶん……、いやかなり、不服なところだったが。

一時期は剣道で桂史郎に張り合おうと思ったこともあったが、結局、竹刀《しない》をふりまわすよりも自分の身体を動かすことの方が性《しょう》に合っていたらしく、飛鳥は小学校の時から空手を習っている。まあ、桂史郎に張り合って、全国に行けるほどの実力ではなかったけれど。

もっとも張り合っている、と思っていたのは飛鳥の方だけだったのかもしれない。

負けたくない、という思いはずっとあったけど、結局桂史郎に勝てるものは何一つなかったし……桂史郎の方は飛鳥のことなど、まったく意識していなかったのだろう。

とはいえ、昔馴染の桂史郎が年とともに飛鳥に冷たくなったとか、無視するようになったということではない。

クラスが同じだったことも何度かあったし、やっぱり帰り道で一緒になることも多かった。

そう、クラブや勉強の上に生徒会の活動でいそがしく、一般《いっぱん》の生徒からすればちょっと近づきがたい桂史郎だったが、飛鳥はよくかまわれた方なのかもしれない。

かまわれた、というよりも、からかわれた、という方が正しいのか。

中学、高校時代、桂史郎とは何度か彼女をとりあった。いや、とりあった、とも言えないのだろう。

初めから勝負にならなかったから。

飛鳥が、いいな…、と思った女の子に思いきって告白したら、同じように桂史郎がつきあいを申し込んでいて、あっさりと飛鳥はふられてしまったり。

あるいは、つきあい始めた女の子にいきなり別れ話を切り出され、その理由を聞くと、桂史郎に申し込まれたからだ、と言われたり。

一緒に育ったせいで好きなタイプが似ているのか、……ひょっとすると、狙《ねら》ったように飛鳥の好きな子に告白するのは飛鳥に対する嫌《いや》がらせかと思ったこともある。そうやってつきあい始めても、結局長く続いているようではなかったから。

桂史郎なんかよりどりみどりなんだから、わざわざ飛鳥の彼女に手を出さなくてもよさそうなものなのに。

そう。

もしかしなくとも、桂史郎にとって自分はずっと目障《めざわ》りな存在だったのかもしれない。

高校三年の秋。

飛鳥が桂史郎にされたことは、嫌がらせ、という度を超《こ》していた——。

◇　◇

あれは、そろそろ肌寒《はだざむ》くなり始めた十一月。

飛鳥たちの通っていた高校では文化祭が近づいていた。

高三はさすがに受験も近く自由参加だったが、すでに進路の決まっている者たちはその解放感も手伝って、最後のお祭り騒《さわ》ぎに盛り上がっていた。

飛鳥たちのクラスは、有志で季節はずれのお化け屋敷《やしき》をやることになっていた。借り出した特別教室にベニヤ板で仕切りをして迷路《めいろ》のような順路を造り、いろいろと凝《こ》った仕掛《しか》けを考えた。

それらしい背景をペイントし、小道具や衣装《いしょう》を手作りして。もちろん、出演者のお化けメイクも何度も試行錯誤《さくご》してかなりリアルに作ってみた。

すでに推薦《すいせん》で地元の大学を決めていた飛鳥も、もちろん参加した。本来お祭り好きな性格だったので、にぎやかな友人たちの中でも一番乗り気だったかもしれない。

夏の終わりの打ち上げ花火のような、その本番よりもむしろ準備期間の楽しさに、飛鳥は毎日酔《よ》っぱらっていた。

そして、このイベントには桂史郎も参加していた。桂史郎はまだ受験前だったが、息抜《いきぬ》きにな、と笑って言えるあたりが余裕《よゆう》でちょっと憎《にく》たらしい。

だけど、それでもこの高校最後の——ある意味子供の時代最後の思い出を、桂史郎と一緒《いっしょ》に作れることが飛鳥にはうれしかった。

そう。幼稚園《ようちえん》から小学校、中学、高校と、あたりまえのようにずっと一緒だった桂史郎とも、ここでお別れだったから。

桂史郎は県外の医科歯科大を志望していた。当然、下宿生活になるから、生まれ育ったこの土地からは離《はな》れることになる。飛鳥としては、やっぱりちょっとばかりさびしさを感じてもいたのだ。

……それなのに。

本番数日前から、追い込みに飛鳥たちは学内に泊《と》まりこんでいた。毎日が合宿のようで、それも楽しかった。

大丈夫《だいじょうぶ》かっ、本当に間に合うのかーっ、という悲鳴のような声が飛び交《か》う中、それでもいよいよ翌日が本番、という深夜に、お化け屋敷は完成した。

おどろおどろしい背景や小道具。照明。あとは出演のお化けたちが本番前にメイクをすれば完璧《かんぺき》だった。

さすがに受験生の桂史郎はフルに参加はしなかったが、時間の許す限り裏方の作業を手伝ってくれていて、この日も最後だから、と最後までつきあってくれた。

遺伝なのか、歯科医を目指しているだけあって桂史郎は指先が器用で細かい作業がやたらとうまい。

凝った小道具を作ってみたり、家から歯医者が歯形をとる時に使う印象剤などを持ってきて、作り物のお化けなどもハリウッドの特殊《とくしゅ》効果ばりのものを試作していた。

その夜、だった。

深夜の二時もすぎてから完成の雄叫《おたけ》びを上げたあと、みんな倒《たお》れるように寝《ね》場所を見つけて毛布をかぶり、仮眠《かみん》をとった。

明日の本番は、早くからまたメイクや最終チェックにいそがしい。

完成の余韻《よいん》に浸《ひた》りながら、飛鳥も連日の寝不足がたたってあっという間に眠《ねむ》りに落ちた。

ふと目が覚めたのは、どのくらいたった頃《ころ》だろうか。

何か、妙《みょう》に身体《からだ》が重く、息苦しかった。

「ん…？」

ぼんやりと寝ぼけ眼《まなこ》をこすった飛鳥は、ようやく黒い影《かげ》が足の上に乗りかかっているのがわかって、ひっ、と息を飲んだ。

なにしろ場所が場所だ。お化け屋敷のど真ん中で、一瞬《いっしゅん》、本物が出たのかと思ったのだ。

他《ほか》のクラスメイトも自分たちの教室や、このお化け屋敷を造った特別教室のわずかな隙間《すきま》を見つけて寝ている。

飛鳥が寝場所にしたところも、古井戸《ふるいど》を作ったすぐ横のわずかな空間だった。まわりはベニヤ板に囲まれていて、見えるところに人はいない。

それどころかベニヤの壁《かべ》のおかげで窓がつぶされ、天井《てんじょう》近くのわずかな間から星明かりが差しこむばかりで、ほとんど何も見えなかった。

金縛《かなしば》りにあったように、飛鳥は動けなかった。

自分に襲《おそ》いかかってくるようなその黒い影が、夢か現実かの区別もつかない。

しかしふっとその影が動いて、のしかかるように飛鳥に身を近づけた。

——そして。

「ん…っ！」

払《はら》いのけようとする前にぐっと両手首をつかまれ、床《ゆか》に身体が押しつけられたかと思うと、次の瞬間、飛鳥は息ができなくなった。

唇《くちびる》が温かい熱でふさがれる。

キス——されている、と気づいたのは、少ししてからだった。

濡《ぬ》れた感触《かんしょく》に唇をなぞられ、呆然自失《ぼうぜんじしつ》なままだった飛鳥は、舌先が中へ入りこんでくるのにおよんでようやく我に返った。

反射的に突《つ》き放そうともがいたが、相手の力は強くまともに身動きもできない。

舌先がからみ合い、きつく吸い上げられて、ぞくっと背筋《せすじ》を何かが走り抜《ぬ》けていく。

息ができなくてぐったりと力が抜けたところで、ようやく唇が離された。

飛鳥は胸を大きくあえがせて息を吸いこんだ。突然《とつぜん》のことに頭の中は真っ白で、何も考えられなかった。

暗闇《くらやみ》の中で、すぐ目の前に——自分の身体にのしかかっている人間の顔すら、ろくに確かめることもできない。

いったいどういうつもりなのか。何がしたいのかも。

「なっ…なに……」

ようやくうめくように言った飛鳥の唇が、再びふさがれた。

二度目のキスはすべるように飛鳥の口の中に入りこみ、優《やさ》しく舌をからめてくる。

「ん…っ…」

うまい——のだろうか。

ほとんど経験がなかった飛鳥には判断できなかったが、それでも何か吸いこまれるような感覚があった。

……いや、うっとりしている場合ではない。

飛鳥はようやく事態を認識《にんしき》し始めた。

自分をやすやすと押さえこむこの力からすると、どう考えても相手は野郎《やろう》だった。どこのどいつか知らないが、飢《う》えたホモの餌食《えじき》になるなんてとんでもない。

「ん…っ、ぐ……っ」

飛鳥は男の下で必死にもがいた。

しかし男の身体は密着するように飛鳥に重なり、足をからめるようにして腰《こし》を押しつけてくる。

その中心で何か硬《かた》いモノが足にあたる感触に、飛鳥はハッとした。

……おい、まさか、冗談《じょうだん》だろ……。

と。

冷《ひ》や汗《あせ》がたらり、と落ちてくる。

なんとか逃《に》げ出そうとしているこの瞬間でも、飛鳥はそれでも、これはひょっとしたらクラスメイトのちょっとした冗談とか、お祭り騒ぎの中、ゲームのようなノリで仕掛けてきただけかと、心のどこかで考えてもいたのだ。

飛鳥が泡《あわ》を食ってジタバタと逃げ出すのを、どこか物陰《ものかげ》で悪友どもが見物しているのではないか、と。

しかし同じ男としてよくわかるこの反応は、まったく冗談ごとではなかった。

「お…い…っ、やめろ……！」

ようやく唇が離れて、飛鳥は相手の身体を思いきり突き放そうとした。

が、あっさりとそれはかわされ、逆にシャツの下から大きな手のひらがすべりこんできて、思わず息を飲んだ。

ざらりとした指が飛鳥の肌《はだ》を直《じか》に這《は》っていく。

一瞬、鳥肌《とりはだ》が立つようだった。

「お…おまえ…っ、わかってんのか……っ？」

どこかひしゃげたような声で飛鳥は必死にうめいた。

震《ふる》えたかすれ声しか出せず、情けないことに、身体も心もほとんど逃げ腰《ごし》だった。

こんなバカ野郎はぶん殴《なぐ》ってひっつかまえて、その正体を突き止めてやればいいのに、頭の中は完全にパニック状態だった。

しかも相手は、どこか落ち着いた様子にも感じられる。

がっついている、とかせっぱつまっている、とかいう感じではなく、どこか淡々《たんたん》とした、むしろ開き直ったかのような冷静さがあった。

――恐《こわ》いくらいに。

男の手がこの暗闇の中でも的確に動いて飛鳥のシャツのボタンをはずすと、強引《ごういん》に肩《かた》から引き下ろす。あっと思った時には肘《ひじ》のあたりでシャツがからまって、腕《うで》がまともに動かせなくなっていた。

さらに男は飛鳥のズボンに手をかけると、ボタンをはずし、ジッパーを下げる。

「あっ…」

いきなり下着の中に手を入れられ、直に中心を握《にぎ》られた瞬間、思わずうわずった声が口をついて出た。

ざわっと、何かこそばゆいような、痺《しび》れるような感触が肌を伝ってくる。と同時にカーッ…、と頬《ほお》に熱がのぼってきた。

こんな……他人の手に自分のモノを触《さわ》られたのは初めてだった。正直、女の子との経験も、まだない、のだ。

男の手はゆっくりと飛鳥の中心をこすり始める。

しっかりとした手の中に握りこまれ、あやすように上下にしごかれて、飛鳥のモノはたちまち形を変え始めた。

「あっ…や……っ」

飛鳥はビクビクと腰をうごめかせた。

冗談ではなかった。

こんな誰《だれ》ともわからない男の手にされて、……簡単に翻弄《ほんろう》されて。

だがなぜか、嫌悪感《けんおかん》のようなものは感じなかった。こんな変質者みたいな野郎に、好き勝手されているはずなのに。

飛鳥に触れる手の優しさ――だろうか。

ヘンタイのくせに。

まるで慈《いつく》しむように手の中で丹念《たんねん》に愛撫《あいぶ》し、確かめるように指先でなぞっていく。そしてもう片方の手のひらが、飛鳥の腹から胸を静かに撫《な》で上げる。

温かくて、懐《なつ》かしくて。

なぜかよく――知っているようで。

胸にまで伸《の》びた手が飛鳥の小さな突起《とっき》を見つけ出すと、指先でそっとつまみ上げる。

「ん…っ」

飛鳥は思わず息をつめた。

丸くもむようにその小さな芽が押しつぶされ、こねまわされると、それはあっという間に硬く芯《しん》を立て、男の指先に引っかかり始める。

その抵抗《ていこう》を楽しむように、男は飛鳥の小さな乳首を何度も弾《はじ》いた。

「うっ…、く……」

両腕《りょううで》の自由を奪《うば》われたまま、飛鳥はろくな抵抗もできずにただ胸を反らせた。

じんじんと痺れるような疼《うず》きが身体《からだ》の中にたまってくる。

胸と中心とを同時に指でなぶられて、どこからか湧《わ》き上がってくる熱に全身がおかされていくのを感じる。

「は……っ……あ……」

飛鳥はぎゅっと目をつぶり、必死に歯を食いしばってこらえた。

闇《やみ》の中で、自分のその表情がじっと見つめられているのがわかる。

何か、体中がその視線にあぶられるようだった。

飛鳥の中心にからみついた男の指は、すでにしなりきった飛鳥のくびれをなぞり、根本《ねもと》から先端《せんたん》まで、強弱をつけて巧《たく》みにこすり上げていく。

じわじわと何かがせり上がってくる。

追い立てられていく。

「あっ…、あぁ…っ、ん……」

きゅっと撫で下ろされた瞬間《しゅんかん》、知らず飛び出した声に飛鳥は必死に唇《くちびる》をかんだ。

いやらしい声――。

自分が出しているとは到底《とうてい》思えなかった。いや、思いたくない。

下肢《かし》を握る男の手が、だんだんとすべりがよくなってくるのがわかる。

節操なく、自分の先端から滴《しずく》がこぼれ始めていた。それを男の指先にぬぐうようにされて、その刺激《しげき》に飛鳥はぶるっと身震《みぶる》いした。

ダメだ——、と思う。マジでやばい。

これ以上されたら自分がどうにかなりそうだった。

どうなるかわからない——。

「も……やめろ……っ！」

とうとう飛鳥は叫《さけ》んでいた。ほとんど涙目《なみだめ》になっていることさえわからず、がむしゃらに不自由な身体を動かして暴れまわる。

踵《かかと》が横の板張りの古井戸《ふるいど》にあたって、ガシッと音を立てた。

ふっと、男の手の動きが止まる。

そして。

「暴れるな。せっかく作ったセットを壊《こわ》す気か？」

黒い影《かげ》がようやく口を開いた。

その——声。

一瞬、心臓が止まった。

飛鳥は闇の中で大きく目を見開いた。

確かに聞き覚えのある……よく知っているその声は。

「桂…史郎……？」

愕然《がくぜん》とした。

いったいどうして……とか、なぜこの男が、という疑問さえ、とっさには頭に浮《う》かばなかった。

ゆらり、と目の前で黒い影が揺《ゆ》らぐ。

その輪郭《りんかく》。じっと自分を見つめるその視線は、──確かに桂史郎のものだった。

「どうして……？」

口を開いた、という自覚もなく、飛鳥はつぶやいていた。

だが次の瞬間、身体の奥底からじわりと怒《いか》りが湧き上がってくる。

「お…おまえ……おまえ、どういうつもりだっ!?」

冗談《じょうだん》にしては行き過ぎだ。嫌《いや》がらせにしても。

しかし桂史郎は淡々と言っただけだった。

「あんまり大声を出すと見物人が来るぞ」

──って、そういう問題か!?

相変わらず飛鳥をからかっているだけなのか。

そう思うと自分がおびえていたのもバカバカしいようで、またいいように遊ばれたのかと思うと悔《くや》しくて。情けなくて。

「来て困るのはおまえだろっ。いいのかよ、こんなとこ見られてっ」

生徒会長まで務め上げ、国立の医科歯科大をストレート合格間違《まちが》いなしの将来有望な生徒が同性の同級生を襲《おそ》っている姿なんか、とても見せられたものではない。

それでも飛鳥は吐息《といき》だけの声でわめいていた。

こんなことをされてまで気をつかってやっている自分が、なんともお人好《よ》しだと我ながらあきれてしまう。

しかし、桂史郎はかすかに笑っただけだった。

「今やめられたら困るのはおまえじゃないのか？」

「なんだと？」

どこかからかうように言われて、飛鳥は憮然《ぶぜん》と聞き返した。

どういう意味かわからなかった。

と、桂史郎がまだ握ったままだった飛鳥の中心を、軽く力をこめてキュッとしごいた。

「あ…っ」

飛鳥は思わず身を縮め、かすれた声を上げていた。

ザッ、と全身に甘い痺れが走っていく。

「おまえのコイツはもう今さら収まりがつかないくらい、ビンビンに硬くなってるじゃないか。先っちょからはヨダレもこぼしてるしな」

「なっ…なに……」

わざとだろう、そのいやらしい言葉に、カーッと頭に血がのぼるようだった。

「こんなところでやめられたらつらいんじゃないのか？」

だからって、この男に好きにされるいわれはない。

「自分で始末するのか？」

低く笑いながら続けられて、飛鳥は耳まで真っ赤になる。

何か、桂史郎の男としての余裕《よゆう》のようなものを見せつけられているようで、さらにむかむかと腹が立った。

まるで、飛鳥が経験もない子供みたいな。

そりゃあ確かにまだ、……本番での経験はなかったけど。

「どっ…どけよっ」

身体にのしかかっている男をにらみつけ、飛鳥は低くうなった。

しかし。

桂史郎は信じられない言葉を吐《は》いたのだ。

「気持ちいいんだろう？　もっとよくしてやるよ」

かすれた声で。耳元に。

ゾクッ、と身体の奥に震《ふる》えがきた。

「おまえ……」

何を言っているのか、一瞬、わからなかった。

が、次の瞬間、ようやく飛鳥の中心から手を離《はな》した桂史郎が、一気に飛鳥のズボンを下着ごとずり下ろした。

バタバタと足が床《ゆか》にあたる音も、飛鳥の敷《し》いている毛布に吸収されてほとんど響《ひび》かない。

「お…おい……っ」

さすがに飛鳥の声がひっくり返る。シャツを腕《うで》にからませただけの、ほとんど全裸《ぜんら》にむかれたのだ。

暗闇《くらやみ》の中とはいえ、やはり他人の前でこんな姿をさらすのはたまらなく恥《は》ずかしく、ひやりと肌《はだ》を刺《さ》す夜の空気が妙《みょう》に不安をかき立てる。

「い…いいかげんに……——ひゃぁぁ……っ！」

飛鳥は思わずわめきかけたが、ふいにぺろり、と脇腹《わきばら》のあたりをなめられて変な声が飛び出してしまう。

その声に誰《だれ》か気がつくんじゃないかと、飛鳥は一瞬、血の気が引く。

だが桂史郎の方はまったく気にせず、飛鳥の腰《こし》が引けかけたところでぐいっと両足をつかんで大きく開いた。

「やめ……っ！」

その間に身体《からだ》をねじこまれ、隠《かく》しようもなく桂史郎の視線に自分の中心がさらされているのかと思うと、目の前が真っ赤になる。

「つらいだろう？　このままじゃ」

くすりと笑って、桂史郎が飛鳥の中心を軽く撫《な》で上げる。その指の感触《かんしょく》に、さらに飛鳥のモノはピクッと脈打ってしまう。

飛鳥はきつく唇《くちびる》をかんだ。

「女と……したこともないんだろう？」

バカにしたように、というよりは、どこか確認《かくにん》するように尋《たず》ねてくる。

しかしそれも誰のせいだっ、と飛鳥はわめきたくなった。まともに女の子とつきあえなかったのは、いつもいつも桂史郎に邪魔《じゃま》されたからなのだ。

「よけいなお世話だ…っ！」

だが結局、自分に男としての魅力《みりょく》がなかった——桂史郎に比べて——というのを認めるしかなくて、飛鳥は低く吐き出した。

「このまま何にもなく高校生活が終わるのはさびしいだろうしな」

「なに勝手なこと言ってやがんだよ…っ！」

だからって男にされてうれしいはずもないではないか。

言い返しながら必死に桂史郎の腕から逃《のが》れようと、飛鳥は身体をよじる。しかしますますシャツは腕にからまるようで、桂史郎につかまれた足もびくともしない。

と、すっ…と桂史郎の手がなぞるように飛鳥の胸をたどってきた。

その指の感触にゾクッと肌が粟立《あわだ》ち、飛鳥は思わず息をつめた。

「おまえ……」

本気なのか…、とようやくそれが実感として迫《せま》ってくる。

「ちょっ……待てよ……!」

しかしかまわず桂史郎の指は飛鳥の肌をたどり、胸へとのぼってくる。

「あ…っ」

指先にツン…、と立っていた乳首をきつく押しつぶされて、飛鳥は思わずかすれた声をもらしていた。

吐息だけで桂史郎が笑う。

それに体中の血が沸騰《ふっとう》するような気がした。

「やめろ……!」

思わずわめいた飛鳥だったが、長い指先がさらに器用に動いて飛鳥の胸をつまみ、強弱をつけてこねまわし始めた。

「あ…っ、あぁ……っ」

たまらずうわずった声がこぼれ落ちてしまう。

「声、抑《おさ》えてろよ。男にされてあんあん言ってるとこなんか見られたくないだろう?」

押し殺したような声で桂史郎が言う。

憎《にく》たらしいほど、その声は平然としていた。

きつくつまれた刺すような痛みが、やわらかくもまれて疼《うず》くような痺《しび》れに変わり、じりじりと身体の奥に沁《し》みこんでくる。

飛鳥は必死に唇をかんで、無意識に出てしまう声を抑えた。

何も言えないのをいいことに、桂史郎の手はさらに飛鳥の胸で遊び始める。感触を確かめるように指の腹で飛鳥の乳首を押しつぶし、執拗《しつよう》にもてあそぶ。

それだけで飛鳥の息が上がってくる。

と、次の瞬間、なんとか身を起こそうとする飛鳥の肩《かた》を押さえつけた桂史郎が、ぺろり、と飛鳥の胸をなめ上げた。

「あぁぁ……っ！」

こらえきれずに、情けないあえぎが飛鳥の口をついて飛び出す。

飛鳥の胸の小さな芽は桂史郎の唇についばまれ、舌先でその芯《しん》をたどるようにして唾液《だえき》をからめられる。

何か生々しくその舌の動きと熱を感じて、飛鳥はただぎゅっと目をつぶった。

そしてたっぷりと濡《ぬ》らされた芽が再び桂史郎の指先にとらえられ、思うままになぶられると、ズキッと響くような刺激《しげき》が身体の芯を走り抜《ぬ》けていく。

「は…っ、あ…っ、あ……」

ぼらせた。

「可愛《かわい》いな」

ふいに優《やさ》しく前髪《まえがみ》を撫でながら桂史郎が耳元でささやき、飛鳥はさらにカーッと頭に血をのぼらせた。

完全に遊ばれている——、と思った。

ろくに抵抗《ていこう》もできずに、こんな……。

桂史郎の手が胸から脇腹を撫で、そしてだんだんと下肢《かし》へとすべり落ちていく。

あらわにされた自分の内腿《うちもも》に、桂史郎の着ているごわごわとしたズボンの感触がこすれ、痛いような、こそばゆいような刺激を生み出した。

暗闇の中に、今さらながらにほとんど全裸にされた自分と、きっちりと服を着たままだろう桂史郎の姿を想像して、さらにみじめさが募《つの》ってくる。

なんで俺がこんな目にあうんだ…っ、という理不尽《りふじん》さと情けなさがにじみ出す。

そして——どうして俺はもっと抵抗しないんだろう、と。

大声でわめいて人を呼ぶことだってできるはずだった。

こんな情けない姿を友達には見られたくなかったけど、でも好き勝手にされるよりマシなはずなのに。

人を呼んで大騒《おおさわ》ぎになったら——やっぱりこの時期、桂史郎だってかなりマズイことになるはずだ。

もちろん、こんな男の将来など心配してやる義理はない。

……なのに。

そんな飛鳥の内心の葛藤《かっとう》とは関係なく、ゆっくりと飛鳥の肌をたどっていった桂史郎の手が足の付け根にかかり、内腿を撫で下ろしていった。

「く…っ」

触《ふ》れられた手の下で、細胞《さいぼう》がざわざわと騒ぎ始める。

飛鳥は必死に声を殺した。

しかし。

「な……」

いきなり両膝《りょうひざ》の後ろに手をあてた桂史郎がぐいっと飛鳥の足を抱《かか》え上げると、ためらいもなくその中心に顔を埋《うず》めた。

「けい……！」

思わず飛鳥は叫《さけ》んだが、次の瞬間、自分の中心が温かい中に包みこまれるのを感じて息を飲んだ。

「あ……」

やわらかい感触に全体がくわえこまれ、優しく吸い上げられる。何度も何度も口の中でこすり上げられ、熱い舌にからめとられる。

いったん口から離《はな》されて、しかし外側をたどるようにしてなめ上げられた。

先端《せんたん》からくびれを丹念《たんねん》にたどられ、根本まで。その奥の二つの球までもたっぷりと口の中でしゃぶり上げられて、飛鳥はただぎゅっと目を閉じていた。

自分のされていることがほとんど信じられなかった。

だがそんな混乱もあっという間に熱い波に飲みこまれていく。

桂史郎の舌に操《あやつ》られるように、飛鳥の身体《からだ》はどんどんと高まっていた。

再び全体を口の中にくわえこまれ、何度もなめ上げられる。濡れた音が耳に届いて、たまらない気持ちになる。

「も…っ、やめ……っ」

とうとう飛鳥は涙《なみだ》のにじむ声でうめいていた。

これ以上されたら——我慢《がまん》できなくなる。

何かが爆発《ばくはつ》してしまう。

桂史郎の口に含《ふく》まれたまま、飛鳥はたまらず腰《こし》をまわしていた。

その声が聞こえているのかどうなのか、桂史郎は口を離さなかった。

「く…っ、う……っ」

だんだんとせり上がってくる熱を抑《おさ》えきれなくなる。

しかし桂史郎の舌はさらに激しく飛鳥をしごいていく。

飛鳥はガクガクと腰を震《ふる》わせて必死にこらえようとしたが、どうしようもなかった。

「け…い…っ、もうっ…、もう……っ！　は…っ……——あ……あぁぁ…っ……！」

何かがぷつん、と切れたようだった。

どくっ、と身体の奥から何かが流れ出していく。

桂史郎の口の中へ溢《あふ》れ出し、汚《よご》していくのがわかったが、飛鳥はただ肩で大きく息をつくだけだった。

ようやく桂史郎が口を離した。そして、ふぅ…、大きな息をつくのがわかる。

しかし両足は大きく開かれたまま閉じることはできなかった。

飛鳥はもう、何がなんだかわからなくなっていた。

ほとんど放心状態だった飛鳥だが、ようやく桂史郎の指の動きに気づいてハッと身を強張《こわば》らせた。

長くしっかりとした指が、飛鳥の腰をさらに奥へとたどっていた。

「な…」

細い溝《みぞ》をたどるように、後ろの誰《だれ》にも見せたことのない入り口まで。

「おまえ……」

まさか——、と。

声がかすれていた。

しかし桂史郎は黙《だま》ったまま、ただぐっと飛鳥の腰をわずかに持ち上げた。

指先がその部分にあたる感触《かんしょく》に、飛鳥はぶるっと身体を震わせた。

喉《のど》が渇《かわ》いてくる。干《ひ》からびて、声も出ない。

確かめるように桂史郎の指がその部分をなぞる。

思わず飛鳥は、ぐっと腰に力を入れていた。

唾液か飛鳥の出したものでか濡れた桂史郎の指が、探《さぐ》るように中へ入りこんできた。

「く…っ」

じりっと裂《さ》かれるような痛みに、飛鳥は身を縮める。

「息を吐《は》け」

淡々《たんたん》と、理不尽に桂史郎が命じてきた。

ほざけっ、と内心で飛鳥はわめくが、しかしまともな声は出なかった。

「や…めろ……っ」

ただそんな情けない言葉しか。

ふっ、と一瞬、桂史郎の指が止まる。

暗闇《くらやみ》の中で、じっと静かに見つめられる気配を感じた。どこか、息をつめるように。

「無理だな」

しかし冷酷《れいこく》にそう言うと、桂史郎はさらに深く指を沈《しず》めてきた。

「……っ！　あ……」

ゆっくりと、少しずつ、身体の奥に桂史郎の指が入りこんでくる。

飛鳥はぎゅっと目をつぶって、その違和感《いわかん》に耐《た》えた。

ようやく根本まで埋めてしまうと、そっと桂史郎がそれを抜《ぬ》き出し始める。そして抜けきってしまう寸前に、再び埋めてくる。

馴染《なじ》ませるように何度も抜き差しをくり返し、飛鳥はだんだんとその大きさに慣れていった。

わずかにすべりがよくなると、桂史郎はさらに大きく指をまわし、動きを速くする。

「ん…っ、あ……」

得体の知れない感覚がだんだんと腰の奥に生まれ始めていた。

桂史郎は後ろをなぶる指を二本に増やすと同時に、再び飛鳥の前を口に含んだ。

さっきいったばかりの飛鳥のモノは、いつの間にかまた力をとりもどしている。

「な…、…あ……ん…ん…っ」

後ろに与《あた》えられる痛みが前をくわえられる甘さと溶《と》け合って、次第《しだい》にどっちがどっちなのかわからなくなる。

飛鳥はじんじんと疼《うず》く腰を、ただどうしようもなくふり乱した。

「け…しろ……っ！」

後ろと前と。何かが突《つ》きくずされていく。

くずれていく。

どうにかなりそうでうめいた飛鳥に、桂史郎がふっと口を離した。

ホッとした飛鳥だったが、次の瞬間肩《しゅんかんかた》をつかまれて、強い力で身体をひっくり返された。

あっ、と思った時には、床《ゆか》に敷《し》かれた毛布の上に、うつぶせに身体が押しつけられていた。

受け身もとれず顔から落ちて、毛布越《ご》しとはいえもろに額《ひたい》を床にぶつけてしまう。

腕《うで》にからまったシャツが引き抜かれ、ようやく腕が自由になって、しかし痺《しび》れたようにじんじんとして力が入らない。

なんとか身を起こそうとした飛鳥は、そのまま腰を抱え上げられて、つんのめるように床に肘《ひじ》をついた。

「やめ…っ」

その体勢にあせって飛鳥は叫んだ。

しかし桂史郎の大きな身体が、背中から抱《だ》きしめるようにかぶさってくる。

ジッパーを下げるようなかすかな音に、ぞくり、と背筋《せすじ》が震えた。

さっきの硬《かた》くなっていた桂史郎のナニをどうする気か——、は、この状態ではさすがの飛鳥にも想像はたやすい。

反射的に逃《に》げかけた飛鳥の腰が強引《ごういん》に引きよせられ、そしてその部分に先端が押しあてられる。

飛鳥は思わず息をつめた。

すでに硬く張りつめた感触がそこにあたってくる。

「あ……」

もはや干からびた声しか出なかった。

「飛鳥……、大丈夫《だいじょうぶ》だから。力を抜いてろ」

耳元で、さすがに余裕《よゆう》がないようなかすれた声で、桂史郎がささやく。

やられているのはこっちだ。何が大丈夫だっ、と叫《さけ》びたいところだったが、飛鳥にもとても
そんな気力はない。

それでも前にまわってきた桂史郎の手になだめるように胸を撫《な》でられ、少し息を整える。

大きく息を吐き出した――その瞬間。

「う……っ」

ぐっ、と大きなモノが飛鳥の身体の中に入りこんでくる。

「あ……」

頭の中が真っ白になった。

痛みと――全身が焼きつくされるような熱。

全身から脂汗《あぶらあせ》がにじんでくる。

「いた……痛い……っ、痛い……っ！」

自分がしゃべっているともわからず、飛鳥は泣きながら訴《うった》えていた。

「抜け……よ……っ！」

しかし桂史郎は引かなかった。

逆に、さらに深く突き立ててくる。

「あぁぁ……っ！」

体中がバラバラになるような痛みに、飛鳥は床に顔から突っ伏《ぷ》した。

飛鳥の中を蹂躙《じゅうりん》する桂史郎のモノはさらに無慈悲《むじひ》に動き、何度も何度もこすり上げる。

その突き抜けるような痛みが、しかし次第に鈍痛《どんつう》に変わってくると、さらに何か別の感覚を生み出していく。

飛鳥はもう何も考えられずに、ただ揺《ゆ》さぶられるままに腰《こし》を動かしていた。

「飛鳥……」

かすれた声で、桂史郎が名前を呼ぶ。

しかしそれに答えることも、罵倒《ばとう》することももはやできなかった。

まるで自分の身体《からだ》じゃないみたいに身体だけが熱く高まり、意識はどこか遠くへと流れていた。

深く突き入れられるたび、飛鳥の腰はまるで追いかけるように中に入った桂史郎のモノを締《し》めつける。

焼けるような痛みと、じくじくとした鈍《にぶ》い痛みと。
そして甘く疼くような感覚が交互《こうご》に身体に押しよせてくる。さざ波のように。
頼《たの》む……狂《くる》いそうだ——。
どこか遠くで、そんなかすれた声が聞こえたような気がした。
だが狂いそうなのはこっちの方だった。
「は…っ、あ…っ、う……っ！」
飛鳥は必死に毛布をつかみ、その端《はし》にかみついて声を殺した。
腰が大きく揺さぶられる。
太いモノがさらに深く入ってきて、大きく突き上げられる。
そして何度目か——。
一番奥まで突き上げられた瞬間、飛鳥は前を弾《はじ》けさせていた。
と同時に、桂史郎の低い声が聞こえたような気がした。
自分の中が温かい感触に濡《ぬ》らされていた。
ずるり、とつながれていたモノが抜けていく。
その感触に、飛鳥は小さく身震《みぶる》いした。
「あ……」
終わったんだ、と。

そう思った瞬間、とうとう飛鳥は意識を手放していた――――。


わんわんと虫が飛ぶような音が頭の中をめぐっている。

だんだんとそれは人の話し声になり、耳元でバタバタと走りまわる足音になり、そして――

「飛鳥――っ！　本番だぞっ、本番！」

いきなり頭を蹴飛《けと》ばされて、飛鳥はハッと意識をとりもどした。

目の前いっぱいに、いかにも幽霊《ゆうれい》の出そうな暗い背景が飛びこんでくる。

そうだ。今日は文化祭の当日だ。

ようやくそれを思い出す。

急いで準備をしなくてはいけなかった。

飛鳥はもちろん、お化けの役も買って出ていて、メイクもしなければならないし、衣装《いしょう》もつけないといけない。それに結構、時間がかかるのだ。

「暢気《のんき》に寝《ね》てんなよっ、おらっ！」

容赦《ようしゃ》のない友人に頭上から怒鳴《どな》りつけられ、やばっ、と飛鳥は跳《と》び上がるように身を起こそうとした。

――その瞬間。

「……てっ……！」

突《ぬ》き抜けるような痛みが腰に走る。

身を起こそうとした身体が、がくっ、と脱力《だつりょく》するようにくずれ落ちる。腰に力がまるで入らず、全身がおそろしくだるかった。

な、なんだ……？

自分でも愕然《がくぜん》とする。

いったいどうしたんだ――、と思ったところで、ようやく昨夜のことを思い出した。

この朝のまばゆいような光の中では、あの真っ暗な中での出来事はまるで夢だったとしか思えない。

だが身体に残るこの痛みはまぎれもなく真実で。

――桂史郎……？

思わずあたりを見まわすが、もちろん昨夜の強姦魔《ごうかんま》の姿はない。

そんなどこか茫洋《ぼうよう》とした飛鳥の表情に、友人が持っていた柳《やなぎ》の木の枝でぺしっと飛鳥の頭をはたいた。

「この時間がない時になにいつまでも寝ぼけた顔してんだよっ。犯《おか》すぞ、おらっ」

……冗談《じょうだん》にならない。

げっそりとした顔で、飛鳥はのろのろと身体を起こした。

気がつくと服はちゃんと着ていて――身体の外側も内側も、その感触《かんしょく》がないのはどうやら桂史郎がちゃんとしてくれた……らしい。

しかしもちろん、それを感謝する気には到底《とうてい》なれなかった。

ふつふつと、怒《いか》りが湧《わ》き上がってくる。

いくら長年のつきあいとはいえ、やっていいことと悪いことがある。冗談ですむ問題ではなかった。

桂史郎は、今日はお化けメイクの係だったはずだが……さすがに飛鳥と顔を合わせられずに帰ってしまったのかもしれない。

今度会ったらただじゃおかない――。

飛鳥は重い腰を上げて、ようやく立ち上がった。

着ているシャツがしわくちゃなのは、寝相《ねぞう》が悪かったから――だけではないはずだ。昨夜、変なことにつかわれたせいだ。

飛鳥は憮然《ぶぜん》としながら、隣《となり》の準備室へ入っていく。

――と。

大きな鏡の前で、桂史郎がクラスメイトの一人に真っ白なドーランを塗《ぬ》っていた。

いつもとまったく変わった様子もなく。

飛鳥は思わず目を見張った。

いけずうずうしい、というか、図太い、というか。

ちらっ、と顔を上げた桂史郎と、鏡越《ご》しに目が合う。

反射的に飛鳥はものすごい目でにらみつけたが、桂史郎は気がつかなかったようにさらりと視線をそらした。

カッ、となったが、さすがにあわただしい本番前、バタバタと何人もの友達が走りまわっている中で桂史郎をなじるわけにもいかない。

むすっ、としたまま立っていた飛鳥は、友達にうながされてまず着替《きが》えをした。

飛鳥が扮《ふん》するのは、なぜかお岩《いわ》さんばりのお化けだった。よれよれの浴衣《ゆかた》を着くずして、帯をする。長い髪《かみ》のカツラはメイクのあとでつけることにして、とりあえずその格好でメイク場にもどった。

着替える時にとっさに物陰《ものかげ》に隠《かく》れたのは、野郎どもの前で恥《は》ずかしかったからではなく、やっぱりなんとなくゆうべのことを思い出したからだ。

何か、そのあとが残っているようで。

お化けを演じるのは男子生徒ばかりで、女の子たちが楽しそうにキャッキャッとはしゃぎながら、クラスメイトに化粧《けしょう》をほどこしている。

「おい、飛鳥、早くしろよ！」

うながされて飛鳥がすわったのは……桂史郎の前だった。

そう。飛鳥のメイクは、桂史郎がすることになっていたから。

まわりがバタバタとあわただしい中、何か自分たちのあたりでだけ、空気が止まったようだった。

喧噪《けんそう》がどこか遠い。

桂史郎はいつもと同じ平然とした顔で化粧筆を握《にぎ》っていた。

ゆうべのことなど何もなかったように、さらりと桂史郎が言う。

「目をつぶれよ」

むっつりとしたまま、飛鳥は目を閉じた。

軽く顎《あご》に触《ふ》れた桂史郎の手に、ドキッとした。

スッ…、と筆が顔を撫《な》でていく感触に、桂史郎の指の感触を思い出して肌《はだ》が震《ふる》える。やたらと速く鳴り始めた心臓の鼓動《こどう》が、自分の耳にも響《ひび》くような気がした。

いろいろと塗りたくられ、瘤《こぶ》みたいなのを額の端にくっつけられて。真っ赤な口紅が最後に引かれ、ようやく化粧が終わる。

ティッシュで軽くぬぐわれて、目を開いて。

目の前にガキの時から十何年も知っている男の顔が大きく映る。

飛鳥はじっとその男をにらみつけた。

「……てめぇ、どういうつもりだ……？」

飛鳥は押し殺した声で言った。

ああ…、といつもの平然とした顔で、桂史郎は化粧道具を横のケースに片づけながらあっさり言った。

「悪い。間違《まちが》えた」

どういう答えが返ってくるのか、予想していたわけではなかった。まったく予想などできなかった。

しかしその思いもよらなかった言葉に、飛鳥は思わず目をむいた。

「間違えたっ？　間違えたっててめえっ、どうやったら男と女を間違えるんだよっっ！」

飛鳥は思わずイスを蹴《け》って立ち上がっていた。

何か言い訳くらいはあるかと思っていた。謝罪、じゃないにしても。説明くらいはしてもらえるはずだった。

なのに。

——間違えた、だと⁉

飛鳥のその様子に、さすがにまわりが何事かと二人をふり返った。

「途中《とちゅう》で気がついたんだけどな。おまえが結構気持ちよさそうにしてたから、中途半端《ちゅうとはんぱ》にやめるのもかえって悪いかと思ってさ」

しれっと言った強姦魔に、飛鳥は口をぱくぱくさせたまましばらくは言葉も出なかった。

そんな……まるで飛鳥のせいみたいに！

「ふ…………ふざけんなっっ！」

飛鳥はそのままの勢いで、拳《こぶし》を固めていた。

飛鳥も一応、空手をずっとやってきている。その拳はまっすぐに桂史郎の顔を襲《おそ》っていた。

まともにあたった感触はなかったが、桂史郎の身体《からだ》はふわっと浮《う》くように背後にイスごと倒《たお》れこんだ。

さすがに桂史郎も長年剣道《けんどう》で培《つちか》った反射能力か、動体視力なのか。身体を反らすようにしてかわしていたが、その勢いでバランスをくずしたのだろう。

腕《うで》が横の化粧ケースにあたって、中の化粧品がバラバラッとすごい勢いで床《ゆか》に散乱する。

あたりが一瞬《いっしゅん》、しーん…、と静まりかえった。

しかし飛鳥はそのことにも気づいていなかった。

肩《かた》で大きく息をつきながら、倒れた男をにらみつけた。

なぜか、涙《なみだ》がにじんできた。……化粧をしたばかりなのに。

「――くそっ…！」

と小さく吐《は》き出すと、飛鳥はそのまま部屋を飛び出していた。

お化けの格好のまま。

もう文化祭なんか、どうでもよくなっていた。何もかも、手当たり次第《しだい》にぶちこわしたいような気分だった。

しかし結局、お化けの飛鳥はクラスメイトに指名手配され、すぐに発見されて連れもどされた。

桂史郎は殴《なぐ》られて何も言い訳はしなかった。

もちろん、できるはずもないが。

そして俺が悪ふざけしただけだ——、とまわりには説明したらしい。

桂史郎に対する鬱憤《うっぷん》を晴らすように、飛鳥は思いきり客を脅《おど》かした。

許せなかった。

襲われたこと、というより……なんだろう。高校最後の楽しいはずの思い出は、ボロボロだった。

それがひどく悲しかった。

そしてその日から、飛鳥はまったく桂史郎と口をきかなくなった。二学期が終わるまでずっと。

そのまま三学期に入ったらすぐに自由登校になり、受験前の桂史郎はほとんど登校しなくなっていた。

まともに顔を合わせたのは卒業式の時で。

その頃《ころ》には飛鳥も、少し冷静に考えられるようになっていた。

やっぱり嫌《きら》われていたのかな…、と。ずっと目障《めざわ》りだったのかな、と思う。

だからといって、間違えた、などという言いぐさは許せなかったけど。

桂史郎は優等生ヅラをしたまま、最優秀《さいゆうしゅう》の成績で卒業し、あっさりと国立の医科歯科大へ進学した。

卒業後、県外で下宿を始めた桂史郎を見かけるのは盆《ぼん》と正月くらいになって。

会うたびに桂史郎は大きく、自信に溢《あふ》れた男になっていた。自分の進むべき道をはっきりと認識《にんしき》し、それに向かってまっすぐ進んでいる。

誰《だれ》もが期待するような歯科医になるのだろう。父親の跡《あと》を継《つ》いで。

飛鳥は地元の大学へ通って……、しかしそこで自分が何をしているのか、自分でもよくわからなかった。

大学卒業が見えてきた頃、飛鳥はたまらなくなった。

桂史郎は着実に自分の道を進んでいるのに、この四年間、いったい自分は何をしていたのだろう――、と。

自分だけがいつまでも引きずっているようで悔《くや》しかった。

自分も、自分の手で何かがしたい、と。あの男の前に、まっすぐに立てるくらい。

ちゃんと自分に自信をつけたくて。

無鉄砲《むてっぽう》なところは昔からだったのだろう。何をやろう、という目的もなかったくせに、飛鳥は大学を卒業すると就職はせず、そのまま海外へ飛び出した。

だけど、ふらふらと旅行をするうちに行き着いたのは、菓子《かし》作りだった。

もちろん、大学時代にためた旅行資金などはすぐに底をついて。飛鳥はいつも腹を空《す》かせて、ささやかなバイトで食いつないでいた。

そんな時、下宿近くのケーキ屋のおばちゃんが店の残りものだったのだろう、プリンと、そしてイチジクのケーキをくれた。

クロスティーノという、スライスしたバケットパンを焼いて、溶《と》かしたマスカルポーネチーズをのせ、その上にソテーしてバターソースで煮《に》つめたイチジクのスライスを重ねたお菓子だった。

それが本当に、ほっぺたが落ちるほどおいしくて。

不覚にも涙が出たくらいだった。

家がケーキ屋だったせいで、飛鳥は甘いものは食べ慣れていたはずなのに。

そして、どちらかといえば敬遠していた。

飽《あ》きていたというよりも、食べる気がしなかったのだ。

四つ五つのほんの小さい頃は、ケーキ屋というのは結構まわりから羨望《せんぼう》の目で見られる家業だった。

いいなぁ…、あっくんはいつもケーキが食べられて。

と、女の子にうらやましがられたものだ。

逆に、歯医者という恐怖《きょうふ》の存在に、桂史郎の方が敬遠されていたくらいで。

しかし年とともにその立場は逆転していた。

ケーキなんて男が食べるものじゃない、とそんなまわりの目があったし、飛鳥はケーキ屋の息子だから当然甘いものは好きだよなー、と言われるのが、たまらなく嫌《いや》だった。

飛鳥だって、毎日ケーキなんか食っていたわけではない。

茜は店の残りがあると喜んでいたようだが、飛鳥は甘い匂《にお》いが漂《ただよ》ってきただけでゲッ、と思うようになっていた。

その商売で自分を育ててくれた父親の仕事をどうこういうつもりはなかったけど……やっぱり、歯医者の方がもっと格好いいような、金持ちなような、そんな気もして。

そんなふうに思ってしまう自分も嫌だった。

だけど、誰も頼《たよ》る人間のいない異国でもらった小さなケーキは、飛鳥にとって衝撃《しょうげき》、だったのだ。

甘いお菓子がおいしいと思ったのは、十何年ぶりだった。

三つくらいの頃までは、父親にお菓子を作ってもらって、すごくうれしくて頬張《ほおば》るように食べていた。その時の記憶《きおく》がよみがえってきた。

いつから——あんなにおいしかったものから目をそむけるようになったんだろう、と。

飛鳥はそれからそのケーキ屋に無理やり頼《たの》みこんでバイトをさせてもらった。というより、手伝いをしながら、作り方を教わったのだ。

何かにつき動かされるようだった。

それからは、これだ、と思うお菓子を見つけると、また頼みこんでそこで働いた。自分が納《なっ》得《とく》いくまでやってしまうと、何かもっと別の、新しい味や形を求めて別の店に移った。

そうやって、イタリア、フランス、ベルギー、オーストリア、と気の向くままにまわって、飛びこんだ先で修業《しゅぎょう》をさせてもらって。

時間の長さなんかわからずに、夢中で過ごした。

日本に帰ってきたのは、五年もたってからだった。

父親が店をやめる、と聞いたからだ。

そして去年ようやく帰国した飛鳥は、父親のやっていた洋菓子《ようがし》店を引き継いだ。飛鳥が店を続ける、と言った時は、やはりうれしそうだった。

身体《からだ》を悪くしていた父親は、郷里の奈良へ母とともに引っこんだ。

飛鳥は一人、父親がしていたのとはまるで違《ちが》うテイストで、店も改装して、一から……いや、ゼロからスタートした。

この一年、経営など何もわからないまま、あたって砕《くだ》けるように必死にやってきて。

なんとか、店の形ができはじめたところだった。

寝耳《ねみみ》に水《みず》の話が飛びこんできたのだ。

『いいでしょ？　桂ちゃんはいいって言ってくれたんだし、お兄ちゃんだって店に近くなるわけだしさ』

あっさりと妹は言ってのけたのだ。

飛鳥は両親が田舎へ引っ越《こ》してから、茜と二人で両親の残した家に住んでいた。

だがその家を、妹は新居にする、と言い出したのだ。

つまり、新婚《しんこん》生活に飛鳥は邪魔者《じゃまもの》だ、というわけだ。

もちろん飛鳥にも言い分はあったのだが、身重の身体で今から不動産屋をあたれっていうの!?　となじられれば、さすがに兄としては何も言えなくなる。

じゃ、俺はどこに住めって言うんだよ…、とぶちぶち言った飛鳥に、あっさりと茜は言ったのだ。

『桂《けい》ちゃんとこに居候《いそうろう》させてもらえば？』

と。

やはり幼馴染《おさななじ》みの桂史郎のことを、茜は桂ちゃん、と昔から呼んでいる。

桂史郎は、自分の歯科医院の入っているビルの上のマンションに部屋があるのだ。

……ということはつまり、飛鳥の洋菓子店の上、ということにもなる。

確かに通勤にはこれ以上便利なところはないわけだが——。

しかし。

もちろん飛鳥には大きな問題だった。

飛鳥が長い放浪《ほうろう》の旅から帰国した時、桂史郎はすでに歯科大を卒業して父親のもとで一緒《いっしょ》に働いていた。

若いのに腕《うで》がいい、と評判の歯医者になっていたのだ。

あの文化祭の夜のことは、記憶の底に埋《う》もれるくらい過去の話になっていた。

もう十年近くも前の、一夜のことなのだ。

長い時間をおいて。

飛鳥も、おとなになっていた。——つもりだった。

なによりこれからは、親戚《しんせき》関係にもなるのだ。

関係は良好な方がいい。もちろん。

もう忘れた——、はずだった。

忘れた、つもりだった。

だけど。

それはやっぱり、つもり、でしかなかった。

五年ぶりに桂史郎に会って。

『飛鳥…、帰ってきたのか』

驚《おどろ》いたようにそう言った桂史郎の顔を見た瞬間《しゅんかん》、飛鳥はぶん殴《なぐ》りたくなる衝動《しょうどう》を必死に抑《おさ》えていた。

——つらっとした顔しやがってっっ！

桂史郎には、飛鳥は逃《に》げ出した、と映っていたのだろうか。

ヤツはどうだかしらないが、飛鳥にとってはやはりあのことは心の傷で。

妹たちのことはうまくいってほしいと思う。

だがやっぱり、飛鳥はまだ許せないでいた。

なんせ、言うに事欠いて「間違《まちが》えた」だ。

到底《とうてい》許せることではない。

せめてあの時、あやまってくれていれば。

何か、もっと違っていたのだろうか。この胸の中のもやもやも、なくなっていたんだろうか
……？

だが何と言ってあやまってもらえれば許せたのかも、自分でもわからない。何を言っても、多分許していなかった気もする。

聞きたいことはいっぱいあった。問いつめたいことも。

あの時、飛鳥が本当に言ってもらいたかった言葉は——飛鳥自身、まだよくわからなかったけど。

◇　◇

桂史郎が自分の働く歯科医院の上——飛鳥の店の上にもなる——のマンションに部屋を借りたのは（もしかして、買ったのだろうか？）、数年前のようだった。

花崎家は近くに持ち家があるのだが、やはり大学を卒業して帰ってきてから、気楽な一人暮らしが身についていて、今さら家族と一緒というのがかったるかったのだろうか。

もちろん、女を連れこむには不自由だ。

桂史郎が上のマンションに住んでいることは知っていたが、飛鳥が中へ入ったのは初めてだった。

最上階の角部屋。３ＬＤＫというゆとりのある間取りで、まあだからこそ飛鳥が同居するのにも同意したのだろう。

茜は押しも強いし、義理の姉（桂史郎にとっては年下の姉ができるわけだ）からの依頼《いらい》では断れなかったのかもしれない。もともと外面《そとづら》のいいヤツだ。

リビングダイニングはかなり広くて、十五、六畳《じょう》はあるだろうか。

明るくゆったりとした雰囲気《ふんいき》で、大画面の液晶《えきしょう》テレビがさほど圧迫感《あっぱくかん》もなく片隅《かたすみ》に配置されている。

しかもホームシアター・システムを完備していて、飛鳥はおおーっ、という思いと、そしてちくしょーっ、という微妙《びみょう》な気持ちを持て余した。

桂史郎もそうだが、飛鳥も映画は好きで、昔、よく一緒《いっしょ》に見に行ったことを思い出す。

何も予定のない休みの日とか。ふいに思い立った時、一人で行くのもなんだし、飛鳥は手近なところで桂史郎を誘《さそ》った。見に行こうぜ、と声をかけると、桂史郎はたいていつきあってくれた。

あの頃《ころ》はいいヤツだったよな…、と飛鳥はしみじみ思い返す。

「茜ちゃんから連絡《れんらく》はもらってるよ」

「あ、そー」

背中越《ご》しにそう言った男に、飛鳥はふてくされた調子で返した。

これから世話になるにしてはずいぶんな態度だったが、しかし飛鳥にしてみればなりたくてなったわけではない。

同居についての話は桂史郎と茜の間でついていて、飛鳥に口をはさむ余地はまったくなかったのだ。

それに、たまたま飛鳥が桂史郎の兄と茜に家を譲《ゆず》ってやっただけで、場合によっては部屋を追い出されるのは桂史郎でもよかったわけだし、そういう意味では別に部屋を間借りするからといって下手《したて》に出る必要はないわけだった。

「ま、心配しなくてもすぐに住むとこ見つけて出て行くからさ」

ふん、と思いながらそう言った飛鳥に、ふと足を止めた桂史郎がちらりとふり返る。

何か言いたげな感じだったが、結局何も言わず、そのまま再び足を進めた。

「ここを使ってくれ」

そしてリビングから通じるドアの一つを開けて、中を示す。

きれいに片づいた八畳ほどの一室だった。

ベッドや机もあるし、……わざわざそろえてくれたのだろうか？　まだ真新しい感じだった。

シーツや布団《ふとん》、枕《まくら》なども一通り用意されている。

飛鳥は身一つで来たらいい、という感じで、実際、ボストンバッグ一つで、数日の着替《きが》えだけもってきていた。

すぐ下には自分の店もあるので、作業着などはそこにもおけるのだ。

「それにしてもおまえ、俺と一緒に住むなんてよく同意したな」

そう言ったところを見ると、さすがに桂史郎も覚えてはいるのだろうか。

あの時のことを。

ボストンバッグをベッドの上に放《ほう》り投げて、飛鳥はゆっくりとふり返った。

腕を組んで、じっと今日から家主の男をにらみつける。

「なんて言って断れるんだ？　おまえにゴーカンされたからやだっ、てか？　ふざけんな」

ぴしゃりとそう言うと、桂史郎はやれやれ…、というように肩《かた》をすくめる。

「半径一メートル以内」

ぶすっ、としたまま、飛鳥は言った。

ん？　という顔をした桂史郎に、飛鳥は無表情なまま申し渡《わた》した。

「俺に近づくなよ」

ハァ…、と桂史郎が額を押さえてため息をつく。

確かに居候《いそうろう》の立場で言うべきことではないのかもしれないが。

「心配するな。俺はそんなに飢《う》えちゃいない」

しかしそのさらりとした答えに、飛鳥はわずかに眉《まゆ》をつり上げた。

「んじゃ、あん時はサカってたってのか？……いや、間違えたんだよな」

氷のように冷たく言った飛鳥に、さすがに桂史郎が具合の悪そうな顔をした。

「……いつまでも根に持ってるな。そんな古い話を」

むっつりと言われて、さすがにカチンとくる。

「持つに決まってんだろ。俺にだって人並みに一個しかないバージンだったんだからなっ」

「捧《ささ》げてもらって光栄に思ってるよ」

首をかきながら言われて、飛鳥はさらにムカッとした。

「まあそれはともかく、台所、教えとくからこっちに来い」

あっさりとかわして、桂史郎が歩き出す。

それはともかく、などと軽く流されて、飛鳥はその背中から首を絞《し》めたい衝動にかられるが、なんとか自分を抑える。

半径一メートル以内——、に自分から踏《ふ》みこんでは意味がない。

飛鳥はこっそりと肩でため息をついた。

こんなんで本当にやっていけるんだろうか——？

◇　　　◇

『Ｈｉｄａｋａ』

という可愛《かわい》らしい木製の看板のかかった店の前で、小さな女の子がぎゃんぎゃん泣いている。五つくらい、だろうか。その横で、母親が困ったようになだめていた。

「みなちゃん、ほら、今日は帰りましょ。甘いものは食べちゃダメって先生に言われたでしょう？」

飛鳥はレジカウンターに肘《ひじ》をついたまま、憮然《ぶぜん》とその母子の会話を聞いていた。

……まったく。

と苦虫をかみつぶしたような顔になってしまうのも無理はない、と思う。

母親がガラスの扉越《とびらご》しにちらりと飛鳥を見て、すまなさそうに頭を下げるのに、飛鳥もあわてて愛想《あいそ》笑いを返した。

よく買っていってくれるご近所のお得意様だ。みなちゃんも飛鳥の店のケーキが好きで、毎週一つずつ、違《ちが》うものを選んでくれる。

が、今日はパス、らしい。どうやら虫歯にでもなってしまったのか。

「営業妨害《ぼうがい》ですよねぇ…」

と横で苦笑《くしよう》しながら言ったのは、長身のさっぱりとした容姿の男前だった。成島和人《なるしまかずと》という、数カ月前から店で雇《やと》っているバイトだ。

洋菓子《ようがし》の勉強がしたい、ということで、和人の方からバイトを申し込んできたのだが、いったんは飛鳥も断った。ただのバイトならいいが、飛鳥もまだ自分が人に教えられるような段階ではない、と思ったからだ。

しかし見ているだけでいいですから、と言われて、飛鳥自身そうやってあっちこっちで修業させてもらったことを思えばむげにもできなくて、結局雇うことにしたのだ。

二十五歳の和人は、飛鳥の——ということは桂史郎の、でもあるが——高校の後輩《こうはい》らしい。ちょうどすれ違いで一緒《いっしょ》の時期に通うことはなかったが。

なかなか勉強熱心だし、よく働いてくれるので、このところかなりいそがしくなってきていた飛鳥は、正直助かっていた。

「でも二階の歯科助手さんたちはよく買いにきてくれるからいいお得意様ですよね～」

と、もう一人、バイトに入っている真由子《まゆこ》がショーケースを並べ直しながら口をはさんだ。

真由子は一年前、飛鳥が店を始めた時からバイトに入っている子で、茜の同級生だ。

和人と同い年だが、大学を卒業後に勤めていた銀行をセクハラまがいの上司とケンカしてやめたらしく、今は税理士になるための国家試験の勉強をするかたわら、飛鳥の店を手伝ってくれている。

経理の方も、こちらは「まあ、実務経験よ」とボランティアで見てくれているので、かなり助かっている。

飛鳥自身はそういう複雑な帳簿《ちょうぼ》つけや計算が苦手で、今までまったくのどんぶり勘定《かんじょう》だったのだ。

飛鳥が桂史郎のところに転がりこんでから、早《はや》ひと月。

そろそろ部屋も探さないとなー…、と思いながら、いそがしさにかまけてずるずるときていた。

秋に入って、果物《くだもの》や木の実やいろんな季節の味覚が出そろうと、やっぱり新作のケーキ作りにも一段と力が入る。新しいアイディアもいくつか浮《う》かんでいて、いろいろと試《ため》してみたい時期でもある。

そうするとやっぱり夜遅《おそ》くまで、あるいは朝早くから店の厨房《ちゅうぼう》も使いたくて……通勤ベッドから徒歩一分、の利便性は捨てがたい。

しかも、三食掃除《そうじ》つき、家賃タダ、なのだ。これ以上の物件は、どこをどう探してもあるはずはない。

そう。

実は今、食事はすべて桂史郎が作ってくれていた。

飛鳥は菓子作りは専門だが料理となるとからっきしで、作れるものといえばカップラーメンくらいなもんだ。

上の部屋に転がりこんだ当初、毎日がコンビニ弁当だった。それまで、家事はすべて茜がやってくれていたのだ。

母親がかなり料理がうまかったせいで、やはり門前の小僧《こぞう》なのか、茜もそれなりの腕前《うでまえ》だった。兄として、妹のダンナの裕一朗さんにも、それだけはよかったね、と言ってやれる。

だが日高家の男連中はといえば、食べる専門で。へたに舌が肥えてしまうと、粗食《そしょく》になった時がつらい。

まさにその状態だった。

初めのうち桂史郎とはなるべく顔を合わさないように、と、むこうもそう思っていたのか、食事の時間はバラバラで。

もともと二人の勤務時間がずれていたのだ。

歯科医院は朝の九時半から夕方の六時半までだったし、飛鳥の店は朝は九時からだったが、仕込みに入るのはやはり七時頃《ころ》からで。夕方も八時まで店を開けていたので、片づけて部屋に上がるのは九時をまわる。

朝は桂史郎が起きる前に飛鳥は部屋を出るし、夜は桂史郎が食事なども終えたあとに帰ってくるわけだ。

その頃には桂史郎はすでに自分の部屋に入ってることが多くて、同居しているとはいってもほとんど顔を合わせることはなかった。

仕事もプライベートも、二十四時間ほとんど同じ屋根の下で過ごしているにもかかわらず、だ。

実際、一緒に暮らしていておたがいの生活音だけで顔も見ない、という方がどこか不自然で……妙《みょう》に気になってしまう。

広いダイニングテーブルのはじっこで、ごそごそと一人、コンビニ弁当に箸《はし》をつける自分が、なんともわびしくて。

部屋で桂史郎は何をしてるんだろう…、とつい、そのドアへ目が行ってしまうこともたびたびだった。

しかしその日、仕事に疲《つか》れてよれよれと帰ってきた飛鳥は、玄関《げんかん》を入ったとたん、あ…、と思った。

いつもは明かりが落とされているダイニングに、温かい人の気配がある。

たまたま桂史郎も仕事が遅かったのだろうか。

何かフライパンで炒《いた》めるような軽快な音と、ごま油のいい匂《にお》いが漂《ただよ》ってきて、飛鳥は思わず鼻をひくつかせた。

ふらふらと誘《さそ》われるようにダイニングへ入ると、テーブルの上には燦然《さんぜん》と輝《かがや》くようにいくつもの皿が並んでいた。

今日は中華《ちゅうか》メニューなのだろうか。

エビチリに春巻き。卵スープ。

飛鳥の目はその彩《いろど》りも豊かな食卓《しょくたく》に釘付《くぎづ》けになり、不覚にもヨダレが垂れてきそうだった。

もうマンガのようにダーッ、と唇《くちびる》の端《はし》から溢《あふ》れんばかりに。

「ん？　帰ったのか」

そしてキッチンから出てきた桂史郎の手には、海鮮野菜炒めののった平皿が誘うようにほかほかと湯気を立てている。

「お、おまえが作ったのか……？」

「ああ」

と、さらりと答えながら、桂史郎は再びキッチンにもどって炊飯器《すいはんき》の蓋《ふた》を開ける。

「おまえ…、料理なんかできんのか……？」

「今時の男の嗜《たしな》みだ」

さすがに呆然《ぼうぜん》とつぶやいた飛鳥に、桂史郎はすかした調子で言った。

そしてどこかからかうように唇の端を持ち上げる。

「今の日本ではな、料理くらいできないとお婿《むこ》にも行けないぞ？」

「よけいなおせわだっ」

思わずわめいた飛鳥に、麦飯を盛った茶碗《ちゃわん》を運んできながら桂史郎が小さく笑った。

「おまえはまたコンビニ飯か？」

ふーん、と鼻を鳴らす桂史郎が言った。

「いっ、いいだろ、別に……」

さすがに情けなくて、右手に提《さ》げたビニール袋《ぶくろ》をわずか後ろに隠《かく》すようにしながら飛鳥は小さくうめく。

また——、と言われたところを見ると、連日のコンビニ弁当のカラを桂史郎にも見つかっていたらしい。

飛鳥はちょっとむすっとしたまま、桂史郎と反対側のイスをのろのろと引いた。

自分の夕食を目の前にのっけてみるが……やはりなんともみじめな気がしてくる。

思わずため息が口をついて出た。

それでも仕方なくプラスチックの蓋をとって中を開けると、べたっ、と蓋の裏に張りついたノリがさらにみじめさを募《つの》らせた。

「化学調味料で味つけされたものばっかり食ってると舌も狂《くる》うだろう？　おまえの仕事にだって差しさわるんじゃないのか？」

それをのぞきこむようにして桂史郎が顔をしかめる。

「……おまえさ。そう思うんならなんか考えねぇか？　人としてさ……」

割《わ》り箸《ばし》の先で白身のフライをつっつきながら、ぶちぶちと飛鳥はうめいた。

「何を？」

「だからっっ」

しらっと言って、エビチリに箸を伸《の》ばした男を飛鳥はにらみつけた。

ぷりぷりとした赤いエビが男の口に入っていくのを、何かあーっ、という思いで、思わず見つめてしまう。

その飛鳥の眼差《まなざ》しに、ん？　と桂史郎が視線を上げる。

「だっ、だから――」

飛鳥はちょっとあわてた。

いや、本当に、マジでうまそうだ。こんな料理を前にして、コンビニ弁当なんか食ってられるか！　という気分になっても仕方がないと思う。

「俺の飯を作れっ」

ほとんどその心の叫《さけ》びのまま、ふんぞり返るようにして飛鳥は言った。

ギッ、と男をにらみつけるように。

ほとんど開き直りにも近い。

人にものを頼《たの》む態度とも思えないが、――いや、そもそも飛鳥はこの男に自分の方から頼みごとなど、絶対にするつもりはなくて。

だから、これは頼みごとなどではない。

では何かというと。

「……それはプロポーズか？」

しばらくじっと飛鳥を見つめて考えこむようにしていた桂史郎が、ポツリと言った。

――プ…プロポーズ――？

初め、何を言われたのかわからなかった。

だがその言葉が頭を一巡《いちじゅん》した瞬間《しゅんかん》、カーッ、と耳まで熱くなって、体中が火照《ほて》ってくるのがわかる。

「な…っ、バカ抜《ぬ》かせっっ！」

瞬間、脳みそが沸騰《ふっとう》するかと思った。

——言うに事欠いてっっ！

「俺のメシを作ってくれ、は古き良き日本の定番プロポーズだろ」

「そんなわけあるかっ！」

一声叫んだ飛鳥は、じゃ、なんだよ、と問い返されて、言葉につまる。

「こっ、これはな……、そう、これは慰謝料《いしゃりょう》代わりだっ！」

その時、ふいに天啓《てんけい》のように思いついてきっぱりと言いきった。

「慰謝料？」

「とぼけんなっ！　俺を強姦《ごうかん》したくせにっっ！」

「ああ…、はいはい。そうだったな」

すっとぼけて視線を明後日《あさって》の方に漂わせた男に、思わず飛鳥は手にしていた割り箸を投げつけていた。

——この野郎……！　そんなに簡単に受け流しやがってっっ！

と思うと、ぶるぶると拳《こぶし》が震《ふる》えてくる。

殊勝《しゅしょう》にあやまればまだ可愛《かわい》いものを、この言いぐさはっっ！

もうそろそろ忘れてやってもいい頃かと思っていたが、そういう態度なら一生許してやらねえ——！

と、飛鳥は心の中で吠《ほ》える。

一生つきまとって、死ぬまで耳元で言い続けてやるっ、という気分になってくる。結婚《けっこん》相手でも連れてきた日には、その女の目の前で暴露《ばくろ》してやるっっ、という復讐心《ふくしゅうしん》がめらめらと燃えてくるくらいだ。

「まぁ、いいけどな。食事くらい。一人分作るのも二人分作るのもかわらないしな」

しかしあっさりと言われて、飛鳥はちょっと拍子抜《ひょうしぬ》けた。

「……時間、俺に合わせろよな」

飛鳥は上目づかいに男をにらみつけたまま、様子をうかがうように低く言う。やっぱり、どっちが頼みごとをしているのかわからなかったが。

桂史郎は軽く肩《かた》をすくめた。

「まあ、俺に合わせるわけにはいかないだろうからな。おまえは仕事中だろうし」

……と、まあそんな感じで、飛鳥の仕事が引ける時間に合わせて、桂史郎が夕食を待ってくれるようになって。

しかも夕食だけでなく、桂史郎は朝も昼も作ってくれていた。

朝は飛鳥が仕事に行く時間に合わせて。

そして、昼は——。

壁《かべ》の時計がちゃらりん…、と小さく一つ、鳴る。

一時半だ。

「ああ…、そろそろですかねぇ？」

和人がそれを見上げてつぶやいた。

そろそろだな…、と飛鳥も内心で思っていた頃《ころ》だ。

二階の歯科医院は午前の診療《しんりょう》が一時に終わる。なので、桂史郎はそれから部屋に上がって昼食の用意をするのだ。

飛鳥を呼びに来るのが、だいたい一時半。

条件反射みたいなもので、この時間になると腹が減り始める。

「どうですか？　二階の若先生との同居って」

特に深い意味もないだろうその和人の問いに、飛鳥はうっ、と言葉につまった。

どう、といわれても。

「……ま、それなりにうまくいってんじゃねぇかな」

なんとなく他人事《ひとごと》に答えてしまう。

当初、恐《おそ》れていたほどぎこちなくもないし、まあまあ……なんじゃないだろうか。

「でもカノジョとか連れこみたい時、困るんじゃないですか？」

くすくすと和人が笑った。

「カノジョかー……」

帰国してからほとんどがむしゃらに店を続けてきて、とてもそんなことを考える余裕《よゆう》もなかった。

むこうではつきあった女の子の一人や二人はいたけど。

二十八にもなって、考えてみればさびしいなー、という気もする。

「先生が恋人《こいびと》を連れてくる時とか、飛鳥さん、どーしてるんです？」

そういえばどうするんだろ…、と飛鳥はぼんやり考えた。

「……いねぇんじゃないかな」

顎《あご》に手をやって、ぽつりと飛鳥はつぶやいた。

いたら今頃《いまごろ》、連れこんでいるだろうし。というか、いたら飛鳥の同居なんか許可しなかったんじゃないだろうか。

……そもそも、恋人というのが男か女かというのも問題だが。

飛鳥は内心で小さくうなった。

あの文化祭の夜――。

間違《まちが》えた、と桂史郎は言った。

誰《だれ》と間違えたんだろう……、と、それをずっとあとになってから、ようやく飛鳥は疑問に思った。

文化祭前夜の興奮の中で、何かが切れて。ケダモノな年代だったのだろう、今思うと。衝動的《しょうどうてき》に襲《おそ》いかかったのかもしれない。

だけど、いくらなんでも男と女を間違えるもんだろうか？　あんな真《ま》っ暗闇《くらやみ》の中だったとはいえ。

文化祭前の学校泊《と》まりこみは、女生徒は許可されていなかった。とはいえ、やっぱりコッソリ泊まりこんでいる子もいたから、女の子がいなかったわけではないけど。

確かに飛鳥はわりと華奢《きゃしゃ》な方ではあったけど、しかし最初に触《ふ》れた時点でわかるもんじゃないんだろうか？

身体《からだ》の丸みだって、やわらかさだって違うだろうし、胸は……もちろん、ないわけだし。

ということは、桂史郎は飛鳥を誰か他の男と間違えたってことだろうか？

それはつまり……クラスメイトの中に桂史郎は好きな男がいた、ってことになる。

誰、だろ……？

飛鳥は思わず、当時のクラスメイトの顔を順に思い浮《う》かべてしまった。

だけど想像できずにぶるぶるっと首をふる。

結局、要するに。

桂史郎はそーゆー趣味《しゅみ》だったんだろうか……？　でなければ、どう考えても普通《ふつう》、男相手に衝動も起きないよな…、と思う。

だが女の子ともつきあっていたところをみると、いわゆるバイ、というヤツか。

当時は頭に血がのぼっていてとてもそこまで考えられなかったけど、飛鳥も五年もふらふらしていればいろんな人間に会う。

まあ、飛鳥にしてみれば、どこにいてもがむしゃらに突《つ》っ走ってきただけだったが。

やっぱりどこの国でもおばちゃんたちやおねーさま系の年上の女性には可愛がられて。わいわいと騒《さわ》ぐ仲間たちもできて。

その中には同性が好き、という男も、女の人もいた。フランスなどではわりとオープンにしている人も多かったし、飛鳥もそういう意味ではだんだんと慣れてきた、というのだろうか。

桂史郎がそうだったとしても、それはそれでかまわないが、――でも。

間違えた……は、ねーよな……。

と、思うのだ。

間違えられたこっちはどうなる、というか。責任とってくれんのかっ、というのか。

まあでも桂史郎も独り身だというのは、何かちょっとホッとするような、うれしいような気がした。

人の不幸を喜ぶようでアレだが、やっぱり自分だけじゃないし、という心強さだろうか。そうでなくとも、妹に先を越《こ》された兄としてはいくぶんまわりの目が気になるのだ。

「そーいや、飛鳥さん、フェア用の新作、もう考えたんですか?」

と、思い出したように和人が尋《たず》ねてくる。

「うーん…、ぼちぼち、かなー」

客がいないのをいいことに、カウンターに頬杖《ほおづえ》をついたまま、飛鳥はわずかに首をひねった。

「でもすごいですよねえ…。飛鳥さんがこの店を始めてまだ一年でしょ? それで選ばれるんだから」

感心したようになった和人に、飛鳥は、たまたまだよ…、と照れて笑った。

実はひと月ほど先に、ある大手デパートで『秋の洋菓子《ようがし》フェア若手パティシエの競演』とかいう企画《きかく》が開催《かいさい》される。

六階の催事場《さいじじょう》に、デパート側が選出した八人のパティシエが六日間、ブースのような感じで小さな店を出すのだ。

壁沿いにぐるりと出店した各店の真ん中にはイートインできるような共通の喫茶《きっさ》スペースが設けられ、もちろんテイクアウトもできる。

ケーキ好きの人間には一度にいろんな味を食べ比べられるという、まさにヨダレの出そうな企画だった。

それはもちろん、菓子職人にとっては自分の腕《うで》を試《ため》される、ということでもある。

それになぜか飛鳥にも声がかかったのである。

確かにご近所ではそこそこ噂《うわさ》のケーキ屋だったし、時々は遠くから買いに来てくれる客もいる。しかしテレビで紹介《しょうかい》されたとか、雑誌に載《の》ったとか、そんな有名店でもなかったのに。

飛鳥にとっては思いがけない話だった。

しかしそれは、チャンスだ、と思ったわけではない。

飛鳥はもともとあまり店を大きくしよう、ということは考えていなかったから。

自分のできる範囲《はんい》でいい。それで飛鳥の作るケーキを食べて、ほんわか幸せな気持ちになってくれればいい、と思う。

一日に作るケーキと、そしてほんの二、三種類のシンプルなパンはすべて飛鳥が一人で作っていた。

もちろん、それはバイト料を払《はら》って、ここのテナント料をまかなうくらいが精いっぱいだったけど、それでも自分が暮らしていけないことはない。

かなり軌道《きどう》に乗り始めた今の状態は、自分では満足していた。

それでもこういう場に出るのは、自分の刺激《しげき》になっていいかな、と思ったのだ。

負けるとやっぱり悔《くや》しいし。……まあ、客の多さ、あるいは売り上げを競《きそ》う、というのはなんか嫌《いや》だったけど。

新しい客に食べてもらえるのは、それなりに楽しみでも、スリリングでもある。

「早く見たいなー、飛鳥さんの新しいケーキ。俺、試食させてもらうの、すごい楽しみなんですよー」

と、和人がにこにこと笑う。

ふわりと夢見るような、幸せそうな笑顔《えがお》。

飛鳥は、その顔を見るのが好きだった。

おいしい、と自然にほころぶような顔が。

和人は最初にこの店に来た時も、そう言ったのだ。

『俺、飛鳥さんの作るケーキ、すんげー、好きなんです。だから絶対、ここで働きたいんです』

と。

「食べるばっかりじゃなくて、手伝ってくれよな。期待してっから。おまえにもめいっぱい働いてもらうからなっ」

がしっ、と自分より背の高い和人の肩《かた》をたたいて、飛鳥は気合いを入れた。

はい！　と和人も大きくうなずく。

なにしろ飛鳥一人でやっている店だ。フェアの間、店は閉めることになるが、やはり出店するには手が必要だった。

持ちこむ荷物も多いし、もちろん売り子も必要になる。そろそろ出すケーキの種類や数を決めて、材料を仕入れて。本格的な準備を始めなければならなかった。

と、その時、ドアが開いて桂史郎が顔をのぞかせた。

「いら……あら、若先生。定期便ですねー」

店内の一角に作られた焼き菓子のコーナーを整えていた真由子が、ドアの音に反射的にいらっしゃいませ――、と言いかけて途中《とちゆう》で声の調子を変える。

真由子は、誰《だれ》に言われなくても自分で仕事を見つけてはテキパキとこなしていくタイプで、実際真由子がいなかったらこの店はどうなっていたかわからないくらいだ。

店をリニューアルする時に、茜からちょうどいい子がいるから、と真由子を紹介されて、改装の時からいろいろと意見を聞いていた。可愛《かわい》らしい店内のディスプレイや配置、看板、飾《かざ》り付けなどもほとんど真由子のアイディアだった。

「今日は何ですか？」

ほがらかにそう尋ねたのは、桂史郎が昼に飛鳥を呼びに来るたび、医院で働いている女の子たちのリクエストを運んでくるようになっていたからである。

「クレーム・ブリュレだそうだ」

そう答えた桂史郎に、はーい、軽《かろ》やかに返事をして、真由子は箱に手早く注文の品をつめていく。

小さなカップに入ったクレーム・ブリュレはケーキよりはつめやすい。表面にこんがりとついた焼き色が目にもおいしそうだった。

今日の助手さんたちのデザート、というわけだ。

どうぞ、と差し出されるのに、ありがとう、と受けとる仕草の一つ一つがサマになっているようで、飛鳥は見ていてちょっとムッとする。

「飯だぞ」

真由子には愛想《あいそ》がいいくせに、飛鳥には素っ気なくそう一声かけただけだ。

しかし飛鳥の方も、おー、と何気なく答えて、カウンターから外へまわった。

「んじゃ、ちょっと店、頼《たの》むな」

そう言った飛鳥に、ごゆっくり〜、と後ろで和人が手をふる。

ちらり、とその和人を見た桂史郎の眼差《まなざ》しがわずかにすがめられる。

和人の何が気にさわるのか知らないが、どうやら桂史郎は虫が好かないらしいのだ。

「おまえなー…、なんでそう和人のこと、警戒《けいかい》すんの？」

エレベータホールまで歩きながら、飛鳥はため息をついた。

「おまえこそ簡単に信用しすぎだ。あいつの履歴書《りれきしよ》とか、ちゃんととってんのか？」

「そんなもん、とってないけどさ…。あいつ、俺たちの後輩《こうはい》なんだぜ？」

いったい何が気に入らないのか。

「そんなことは関係ないだろう。おまえ、一応経営者だったらそういうこともちゃんとしろよ」

なかば叱《しか》られるようにぴしゃりと言われて、飛鳥はちょっとムカッとする。

……まあ、確かに言われていることは正論なんだろうから、反論の余地もないけど。

「今日の昼飯はパスタだから伸《の》びないうちに食えよ」

エレベータの前まで来ると、そう言いおいて桂史郎は横の階段の方へ足を向けた。二階の診《しん》療所《りようしよ》へ帰るのに、いちいちエレベータをつかう必要はない、ということだろう。

桂史郎はいつも昼食を作って、自分は食べて、それから飛鳥を呼びに来る。そしてそのまま、手みやげとともに職場へ帰るのだ。

昼飯を部屋に食いに帰れる、と、通勤一分はこんな利点もある。

ハァ…、と下りてきたエレベータに乗りこみながら、飛鳥はガシガシと頭をかいた。

すぐに部屋を探して出て行く、とは言ったものの。

今よりいい物件などあるはずがないのがわかっていて不動産屋めぐりをするのも、なんともむなしい。

このままじゃあっという間に正月がきてしまうぞ…、と思いつつも、どうにも飛鳥は腰《こし》が上がらずにいた……。

◇　　　◇

歯医者の扉の前に立つと、妙に緊張する。

それはほとんど条件反射、というか、刷りこみみたいなもんじゃないかと飛鳥は思う。

実際飛鳥は、ほとんど歯医者には行ったことがないのだ。

だけど昔は遊びに行くのにたまに桂史郎をここまで迎《むか》えに来たり、桂史郎が医院に用があるのにつきあったりしているうちに、やはり馴染《なじ》みの場所にはなっていた。……本当はあまり近よりたくなかったけど。

あの、キュルルルル、という何かをこするような音や、ガガガガガッ、という工事現場みたいな音を聞くだけで背筋《せすじ》にゾッと冷たいものが走るし、そうでなくとも待合室で泣き出す子供がいるだけであとずさりしたくなる。

いいおとなになった今でさえ、やっぱりいやぁなイメージは残っているらしい。

それでもまさか逃《に》げ出すようなことはできないわけで。ましてや、治療に来たわけではなかったから。

飛鳥は小さなトレイを手に二階へ上がってきていた。

無意識におそるおそる、という感じでドアから顔をのぞかせると、意外と中は落ち着いた、温かな雰囲気《ふんいき》が漂《ただよ》っていた。

飛鳥が歯科医院の中にまで入って行くのは、ほんの子供の頃《ころ》以来だ。

五つくらいの小さな男の子が隅《すみ》のベンチソファにすわってぶらぶらと足を揺《ゆ》らしながら、マンガを読んでいる。泣きもせず、特におびえた様子もなく。しかも保護者らしい付き添《そ》いもなく、一人だった。

案外、母親の方が治療に来ているのか、という気もするくらい。

しかし、「水野く一ん」と呼ばれたやわらかな声に、「は一い」と返事をして奥のドアに消えたところをみると、やはり本人の治療なのだろう。

もう夕方も遅《おそ》いせいか、客はその男の子一人だった。まあ、予約制なのだろうからそう何人もがいることはないのだろう。

そしてようやく受付の女性が飛鳥に気づいた。

「あら、飛鳥さん。治療ですか？」

にこっと笑って聞かれて、飛鳥はぶるぶるぶるっと首をふる。

「えっと…、いや、そうじゃなくて」

引きつった笑《え》みを浮《う》かべながら、飛鳥は手にしていたトレイを受付のカウンターにのせ、かぶせていた布をとった。

「新しいケーキの試作なんだけど。ちょっと味見、してもらえるかなーっ、って思って」

きゃああっ、悲鳴みたいな声を上げて、女の子が手をたたいた。

実際、いくら近いからといって歯医者に持ってくるのはどうかとも思ったのだが、こんなに喜んでくれるのなら本望《ほんもう》だ。

飛鳥が作ってみたのは、いわゆる「オペラ」だ。

アーモンド風味の生地《きじ》に、ビター、スイートなど何種類かのチョコレート、コーヒー風味のクリームやガナッシュなどを層に重ねていて、切り口がグラデーションのようにきれいにでている。表面のコーティングチョコレートが美しく光って、その上にホワイトチョコレートで作った小さなハートがアクセントにのっていた。

そしてもう一つ、「エペルネ」という、マンゴーのプディングにシャンパンクリームを重ねて焼き上げた、可愛らしいピンク色のケーキだった。

その声に引かれるように、他《ほか》の歯科衛生士さんや助手さんたちもあちこちから姿を見せる。

「そのー…、試作だから、忌憚《きたん》のない意見を聞かせてくれれば……」

と、横から飛鳥は言ってみるが、すでに女の子たちの耳に入っているかどうかは怪《あや》しいところだ。

きゃいきゃい騒《さわ》いでいる彼女たちにため息をついて、飛鳥はふと、その背後を通って中の治療室をのぞいてみた。

「ずいぶんと炎症《えんしょう》が進んでますから」

と、そんな声とともにいきなり桂史郎の姿が目に入って、飛鳥はあわてた。

マスクをつけた横顔がどこかいつもと違《ちが》うようで、ちょっとドキドキする。

桂史郎が診《み》ているのは二十歳《はたち》過ぎぐらいの女性だった。さっきの男の子は奥の方で大先生の治療を受けているらしい。

「じゃあ、神経をとりますよ」

桂史郎の静かに言ったその言葉に、後ろで聞いている飛鳥の方がうわぁ…、と身が縮むような気になる。

一点に集中するように、大きく開けた口の中をじっと見つめて、何やら細かい作業をしている。引き締《し》まるような、真剣《しんけん》な顔だった。

思わず飛鳥も、息をつめるようにそれを見つめてしまう。

それに気づく様子もなく、桂史郎は淡々《たんたん》と治療を進めていた。

考えてみれば、仕事中の桂史郎の顔など初めて見た。

意外とまともにやってんのか…、とちょっと失礼なことを考えてしまうが……結局、強姦魔《ごうかんま》のくせに、と思えば、何でも言えるような気はする。

ひょっとして、患者《かんじゃ》にも手をつけてんじゃないだろーな…、と物騒《ぶっそう》な想像をしていると、どうやら治療が終わったようだった。

「また三日後に予約をとってください」

静かに言った桂史郎に、ありがとうございました、と患者さんが軽く頰《ほお》を押さえながら礼を言った。

と、ふり向いた桂史郎が飛鳥を見つけて大きく目を見開いた。

そしてその目元だけがふっと笑う。

それがどこかぞくりとくるほど男の色気があって、飛鳥は知らず頰を熱くしていた。あわてて、目をそらす。

「どうした、めずらしいじゃないか」

マスクを外しながら桂史郎が近づいてきた。

「俺の治療でも受けにきたのか？」

「虫歯になってもてめぇには頼《たの》まねぇよ」

にやにやとからかうように言った桂史郎に、ふん、とそっぽを向いて飛鳥は言い放つ。

「おまえの親父《おやじ》さんの腕《うで》は信用してるけどな」

嫌《いや》みたらしくつけ足した飛鳥に、桂史郎は肩《かた》をすくめる。

「で、何の用だ？　腹が減って我慢《がまん》できなくなったのか？」

子供みたいに言われて、飛鳥はカーッとなった。

「違うだろっ！　試作を持ってきたのっ」

飛鳥がわめいたのに、桂史郎がひょいとドアから身を乗り出して受付の方を眺《なが》めた。そして、ああ…、とうなずく。

さすがに助手さんたちも勤務時間内だという自覚はあるらしく、手を伸《の》ばせずにケーキを囲んでにぎやかにしているだけだ。

「もうすぐ終わるよな？　よかったら食べてってもらってくれよ」

「歯医者にケーキを持ちこむなんて、悪魔《あくま》の所行だな」

桂史郎がくすくすと笑う。

そして少し声を上げて、トレイを中へ引っこめておくように指示した。

そりゃまあ確かに、歯の治療をしたばかりの患者さんたちには目の毒だろう。

ようやく桂史郎に見つかったことがわかって、女の子たちはあわてて持ち場にもどる。

べーッ、と飛鳥は舌を出した。

「どうせおまえが食うわけじゃないしなっ」

まあな、と桂史郎は肩をすくめて、小さくつぶやいた。

「今日、上がりはいつもの時間か？」

そして確かめるように尋《たず》ねてきた。

ああ、とうなずいた飛鳥に、今日はシチューにするから、と言うと、桂史郎は手を洗いに行った。

そういえば、飛鳥はいつも桂史郎の手料理を食べているのに、桂史郎は一度も飛鳥の菓子《かし》を食べたことはない。

その背中を見送りながら、飛鳥はなんだかちょっと悔《くや》しいような気がした……。

飛鳥の店は、土日は開けているが祝日は休みにしていた。

定休日は木曜である。

二階の歯医者の定休日は日曜・祝日と木曜日。

木曜定休が同じなのは別に飛鳥が決めたわけではなく父親の代からの伝統、というか、そのまま引き継《つ》いだわけだ。

定休日は一週間の疲《つか》れもたまって、ほとんど部屋でぐったり過ごしているのだが、祝日の休みはなんだかボーナスみたいな感じで気持ち的にもうれしい。

ひさしぶりに惰眠《だみん》をむさぼり、のろのろと昼前になってようやく起き出した飛鳥は、寝《ね》ぼけ眼《まなこ》のままペタペタとリビングを抜《ぬ》けて洗面所までたどり着く。

「起きたのか」

と、先にいた桂史郎が声をかけてきた。

とはいっても桂史郎は飛鳥のように今、目が覚めたわけではなく、どうやら洗濯《せんたく》をしていたようだった。……飛鳥のと二人分。

バシャバシャと顔を洗って、ようやく少しは目が覚めてから、飛鳥はそれに気づく。

「おー、ごくろうだなっ」

偉《えら》そうに言うのに、桂史郎が手にしていた計量カップで飛鳥の額をぶったたいた。

「てっ」

スコン、と軽快な音を立てるのに、桂史郎がくっくっと笑った。

「中身の軽そうな音だな」

「どうせっ」

「部屋にためこんでるのがあれば出しとけよ」

額を撫《な》でながらうめいた飛鳥だったが、そう言われて、あわてて自分の部屋にシーツをとりに走る。

桂史郎のところの洗濯機は全自動ドラム式で、放りこみさえすれば乾燥《かんそう》まで一気にやってくれる優《すぐ》れものだった。

最初に見せられた時は、これなら洗濯は楽チンだなっ、と喜んだ飛鳥だったが、結局それさえもしてないわけである。

洗濯の何が面倒《めんどう》かといえば、そのあとの細々《こまごま》とたたむ作業がうっとうしいのだ。

洗濯物を放《ほう》りこんでおいてその間に掃除《そうじ》や食事の下ごしらえと、桂史郎は家事も実にシステマチックに無駄《むだ》なくこなしていた。

やっぱり自分も何かしなきゃ悪いかなー…、と飛鳥だって多少は考えるし、やろうと思わないわけでもなかったのだが、ヘタに手伝おうとしたりしたらそのバランスを一気にくずしそうで、結局任せっきりになっていた。

せめて食器洗い…、と思ってやってみたこともあるのだが、皿や調理道具を適当に棚《たな》に放りこんだので、あとでさんざん桂史郎には嫌《いや》みを言われてしまった。

そうでなくても、

「おまえ、そんなにガサツなくせにどうしてあんな繊細《せんさい》な菓子がつくれるんだ？」

とあきれたように言われるくらいで。

実際に飛鳥は、相当におおざっぱな性格なのだ。まあそうでなければ、自分を強姦した男と同居などできるものではない。

なので——言い訳がましいが——飛鳥はその間、リビングで転がって桂史郎のコレクションのDVDを見たり、新しいケーキを考えたりしている。

聞かれて、大きくうなずいた飛鳥に、桂史郎は手早くパスタを作ってくれる。ソースは手作りで、椎茸《しいたけ》たっぷりの和風だった。

その食事も終え、飛鳥は小さなスケッチブックを片手にリビングのソファに転がった。

例のデパートの企画《きかく》用に新しいケーキをいくつか考えていたのだ。

その横で桂史郎が掃除を始めていたが、あまり気にはならなかった。茜などに横でバタバタ片づけられるのはうっとうしいものだったけど。

なんだか落ち着いた、ゆったりとした昼下がり。

思いついたいくつかのアイディアを書きとめ、形や配置をデザインしてみたところで、ふとテレビに目を止めると何か市場のようなところのレポートをしていた。

「おおーっ、うまそー…」

その大きなテレビ画面を見つめて飛鳥は思わず指をくわえた。

市場に運ばれたばかりの車エビが、画面いっぱいに跳《は》ねまわっていた。飛鳥はかなり、エビ好きだったりするのだ。

「なー、今日の飯ってなんだ？」

思わずふり返って、キッチンで下ごしらえか何かをしている桂史郎に尋ねる。

「さっき食ったばかりだろ…」

「何か食うか？」

ちろり、とカウンター越《ご》しにあきれた目で見られたが、それでも続けて言った。

「今晩はロールキャベツとタコのマリネと栗《くり》ご飯」

「ロールキャベツかー…」

うーん、と飛鳥はうなった。

それも悪くはないけど。

「エビフライが食いてぇ……」

飛鳥はソファの背中にしがみつくようにして、台所に立っていた桂史郎をじっと見つめた。

少しばかり上目づかいの、ちょっぴり意味ありげな目で。

桂史郎はかんぴょうでキャベツを結んでいた手を止めて、そしてハァ…、と肩《かた》を落とす。

「おまえな…」

「いいじゃん。ロールキャベツは今日から煮《に》込んでおけば、明日は味がしみてもっとうまくなるしさ」

「そういう問題か?」

低くうなった桂史郎に、飛鳥はソファの上に立ち上がって断言した。

「今日はエビフライの気分なんだっ」

ワガママを言ってみるのがなんだか楽しくて。

誰《だれ》にでも言うわけじゃないけど。

茜には特にリクエストなどしたこともなかった。

「今からエビを買いに行けというのか？」

むっつりと言った桂史郎に、飛鳥はふん、と顎《あご》を上げた。

「そのくらいしてくれてもいいだろ。なにしろおまえは俺を――」

「わかったわかった」

飛鳥が言い終わらないうちに、桂史郎がため息をついて言葉をさえぎる。

どうやらあのことは桂史郎にしても古傷らしい。この男なりに反省、というか、多少の罪悪感はあるのだろうか。

少なくとも、こんなにこき使われることになるんなら、と後悔《こうかい》はしているのかもしれなかった。

にた、と飛鳥は内心で笑った。

このネタで一生脅《おど》せるんなら、それはそれで飛鳥のバージンも価値はあるような気がしなくもない。

……いや、普通《ふつう》は立派に犯罪なんだろうけど。

「今から買いに行ってたら、夕飯は少し遅《おそ》くなるぞ」

やれやれ、とキッチンを片づけて桂史郎が声をかけてくる。

「いーよー。遅いの、慣れてるし」

のんびりとそう答えて、飛鳥は桂史郎を送り出した。

一人になって、飛鳥は再び鉛筆《えんぴつ》を手にスケッチブックをにらむ。

——と。

電話が鳴った。

飛鳥に用がある人間なら携帯《けいたい》にかけてくるので、これは家主である桂史郎への電話だ。

ちょっと考えたが、飛鳥はそれでも受話器をとった。

『もしもし』

と言ったのは女の声だった。かなり若い感じの。

一瞬《いっしゅん》、なぜかドキッとする。

「あ…、もしもし」

何か引っかかるようにようやく答えた飛鳥に、相手の方がちょっと驚《おどろ》いたように声のトーンを上げた。

『あ…っと、飛鳥さん？』

そう言った声は、飛鳥にも聞き覚えがあって。

「あれ…、真由ちゃん？」

そうです～、とほがらかに答えた声に、飛鳥はホッとした。

いや、自分でもどうしてかわからないけど。

『若先生、いますか？』

聞かれて、飛鳥はあわてて答えた。

「えっと、あいつ、いまちょっと買い物に出てんだけど」

『夕ご飯のですか？』

「うん」

それに真由子がくすくす笑う。

なんだ？　と思ったら。

『飛鳥さん、なんかすっかりヒナみたいですねぇ…』

――ヒナ？

『ピヨピヨ餌《えさ》を待ってる感じの。餌付《えづ》けされてるっていうんですか？』

「そっ、そんなんじゃねぇだろっ」

何かカーッと頭に血がのぼるようで、飛鳥は思わず受話器を握《にぎ》りしめて叫《さけ》んだ。

だって、これはその……正当な慰謝料《いしゃりょう》だし。

しかしそれを真由子に言うわけにはいかない。

「桂史郎に何か用があったのか？」

急いで話題を変えて、しかし、あれ…？　とようやく飛鳥も気づいた。

真由子が桂史郎に……いったい何の用なんだろう、と。

飛鳥に用があるのならわかるが。

「何か伝えておこうか？」

知らずうかがうように言った飛鳥に、真由子はさらりと言った。

『じゃあ私から電話があったってだけ、お願いしますね』

「あ…、うん」

そう言われると、それ以上聞きようもない。

また明日、と電話を切って、のろのろとソファにもどってスケッチブックを再び手にした飛鳥だったが、何か頭の中がもやもやとしてうまく考えられなくなっていた。

真由子と桂史郎――。

何かあるなんて考えたこともなかった。

だけど、あったって不思議ではないのだ。

あれだけ顔を合わせているわけだし……、だからこそ、何か用があるのなら、その時に言えばいいわけで。

例えば真由子が歯の治療《ちりょう》の相談でもしたいのなら。

こんなふうに自宅に電話をかけてくるなんて……。

そう。自宅の番号を、真由子は知っているということなのだ。

もちろん、医院の番号とは違《ちが》う、桂史郎個人の番号を。

飛鳥だって、この部屋に来るまで知らなかった。

それは、どういうことなのだろう――？

そう考えてみると、答えは一つしか浮《う》かんでこない。

つきあって、いるんだろうか。

ポッ…、と何か染《し》みのように胸に黒いものが落ちていく。

でもそれならそれで……飛鳥に言ってくれてもいいように思う。真由子だって、毎日顔をつきあわせているんだし。

自分が同居している男と、自分のところで働いている女の子がつきあっているのを知らないというのは、……やっぱりおもしろくない。

「帰ったぞ」

ふいに声をかけられて、ハッと飛鳥は我に返った。

いつの間にか窓の外はとっぷりと日も暮れて、かなり時間も過ぎてしまっている。

「どうした？」

どこかぼんやりした飛鳥の様子に気づいたのか、桂史郎がわずかに首をかしげた。

「え…、別に」

あわてて答えて、そして飛鳥はソファから立ち上がった。

「俺、風呂《ふろ》はいるわ」

そう言うと、逃《に》げるように部屋にもどる。

別に飛鳥が逃げないといけないようなことは何もないはずなのに。

この日の夕食はあんなにねだったエビフライだったのに、なんだか味がなかった。

「……ああ、そういえばさ」

タルタルソースをつけて最後のエビフライにかじりついてから、飛鳥は思い出したように口を開いた。

「昼間、真由ちゃんから電話あったぞ」

そう言うと、ふっと一瞬、桂史郎の表情が止まる。

「そうか」

と、だけ答えた返事も淡々《たんたん》としていて、しかしどこか視線が定まらないのは、内心であせってもいるようで。

「おまえ…、真由子とつきあってんの？」

飛鳥は低く、うかがうように尋《たず》ねていた。

「連れこむのに邪魔《じゃま》なら、俺、出てるけど？」

何気ない、普通の調子で言ったはずだった。

しかし桂史郎は、わずかに目をすがめて飛鳥を眺《なが》めてくる。

じっと。ちょっと恐《こわ》い眼差《まなざ》しで。

何か、息がつまるようだった。

どうしてこんな目で見られるのかわからなかった。

しばらくしてから、桂史郎が口元で小さく笑った。

「なんだ、妬《や》いてんのか？」

「バッ…、そんなわけないだろ」

思わずムッとして飛鳥は言い返した。

「真由子は茜と一緒《いっしょ》で妹みたいなもんだからな。また間違《まちが》って襲《おそ》われないように心配してるだけだ」

あからさまな嫌《いや》み、だ。

それに、ふーん？　とどこか微妙《びみょう》な調子で桂史郎が鼻を鳴らす。

「そうか？　俺はまた、おまえが俺を女にとられそうであせってるのかと思ったが。初めての男は忘れられないっていうからな」

その言葉に飛鳥は大きく目を見開いた。

「てめぇ…、なんだよ、その言い方はっ！　許さないからなっっ！」

バンッ、と両手でテーブルを殴《なぐ》りつけると、飛鳥は立ち上がった。

今の言い方はむかついた。

盗《ぬす》っ人《と》猛々《たけだけ》しいというか、ふざけんなっ、という気分だ。

だが……このくらいのことはいつもの桂史郎の冗談《じょうだん》の範囲《はんい》なのだろう。

いつもなら怒《おこ》ってみせても、内心では笑い飛ばしているくらいの。

だけどなぜか、今はそれにやたらと腹が立った。

「飛鳥」

そのままずんずんと部屋へもどろうとした飛鳥の腕《うで》が、席を立って急いで近づいてきた桂史郎に背中から引きよせられる。強い力で。

「放《はな》せよっ」

それを乱暴にふり払《はら》ってにらみ上げた飛鳥に、桂史郎が小さく息を吐《は》く。

「悪かった」

そしてめずらしくあやまってきた。

そう素直《すなお》に言われると、飛鳥としてもどうしていいのかわからなかった。

「半径一メートルだろ…」

近づくな、と。

すでに有名無実になっている、飛鳥の言い出した決まりごと。

ポツリと、意地になったようにそれだけ文句を言う。

そしてそのまま飛鳥は自分の部屋へ入って、パタン…とドアを閉めた。

何か泣きたいような気持ちになっていた。

そして結局、真由子とはどうなのか、はぐらかされたままだった――。

◇　◇

いっときもじっとしていないように、真由子は店の中をパタパタと動きまわっている。

客に対してもシャキシャキと元気なその姿は、見ていてすがすがしいものだ。

しかし飛鳥は、奥の厨房《ちゆうぼう》からぼんやりとその背中を眺めてしまっていた。

一言、聞けばはっきりすることなのに、妙《みよう》に口にできなくて。

「……なー、和人」

冷蔵庫で寝《ね》かせたサブレの生地《きじ》をめん棒で伸《の》ばしながら、飛鳥はもごもごと口を開いた。

「なんですかぁ？」

と、その横で伸ばした生地を丸抜《ぬ》きの型で抜きとりながら、和人が答える。

「あのさ…、真由子ってつきあってる男がいるのかな？」

飛鳥のその問いに、ん？　と和人が怪訝《けげん》な視線を向けてきた。

「どしたんですか、急に？」

「え…、いや……なんとなく」

力をのせてめん棒を転がしながらも、口調はいつもの歯切れがない。

「そりゃ、いたっておかしくはないでしょうけど。……え、飛鳥さん、まさか彼女に気があるんですか？」

「そーじゃねーよっ」

聞かれて、あわてて飛鳥は首をふる。

「いや、さ…、ひょっとして真由子、桂史郎とつきあってんのかなーって。おまえ、なんか気がつかない？」

同じバイト仲間ならもっと気安くいろんなことをしゃべっているのかもしれない。

「え…、若先生とですか？」

しかし和人は驚《おどろ》いたように目をパチパチさせて、少しトーンを上げる。

「でも若先生は飛鳥さんとデキてんじゃないんですか？」

さらりと言われて、飛鳥は思わず手元が狂《くる》い、めん棒が転がるままに生地に顔をぶつけそうになった。

「なっ、なんでっ？　そんなわけないだろっ!?」

飛鳥のその勢いに、和人はあれ？　と頭に手をやった。

「違《ちが》うんですか？　なんだ、彼女もいないみたいだしてっきりそうかと」

「お、おまえなっ。一緒に住んでりゃできてるってもんでもないだろ……」

どこかバクバクする心臓を抑《おさ》えながら、飛鳥がうめく。

そりゃそうかもしれませんけど、と和人は肩《かた》をすくめた。

「なんかわかんないけど、俺、若先生には嫌《きら》われてるみたいですしね。牽制《けんせい》されてんのかと思って」

ハハハ…、とお気楽に笑った和人に、おいおい…、と飛鳥は内心でつっこんだ。

「若先生といえば、この間、ホテルの喫茶《きっさ》でお茶してるの、見かけましたよ」

そしてさらりと続けられて、飛鳥はふっと顔を上げた。

「誰《だれ》と？」

「同い年くらいの男の人でしたけど。きっちりスーツ姿の結構、いい男で。あ、浮気《うわき》してる、ってちょっと思ったんですけどねー」

「おまえな…」

口ではそう言いながらも、飛鳥は内心で考えこんだ。

「歯医者って営業なんかと違って外で人に会うような仕事じゃないでしょ。だからちょっとめずらしいなって思って」

続けた和人の言葉は、飛鳥の疑問と一致《いっち》していた。

そりゃ、桂史郎だって外で友達と会うことだってあるだろうけど。

でももしかして、二股《ふたまた》とかかけてるんなら……真由子だって悲しい思いをするだろうし。

……と飛鳥は、内心で自分で言い訳するようにつぶやいた。

そう。

別に気になるわけじゃない。ただ真由子が心配なだけで。

なんだかはっきりしない気持ちをもてあましたまま、時間だけは過ぎて昼に近くなる。

三人は交代で昼休みをとるようになっているのだが、たいてい和人は外食で、真由子は弁当持参だった。

和人が出るのが一番早く、十一時半から十二時半。真由子が休むのが十二時半から一時半。そして、飛鳥が一時半から二時半、とだいたいなっている。

この日、和人が出たあと真由子と二人で残されて、いいチャンスだ、と思ったものの、飛鳥はなかなか口に出せないでいた。

簡単なことなのに。

この間の桂史郎への用事、なんだったんだ？

と、その程度のこと。

三口くらいの小ぶりなレアチーズにラズベリーのソースをかけて仕上げた飛鳥のところへ、店先から真由子がとりに来てくれる。

「これ、頼《たの》む」

と、カウンター越《ご》しにトレイを差し出した飛鳥に、はーい、と軽《かろ》やかな返事をして真由子が受けとった。

その背中を見つめて、飛鳥は思いきって口を開こうとした――

その時だ。

「あ、そうだっ」

思い出したように真由子の方が、ものすごい勢いでふり返った。

「えっ、な、なに？」

ちょっと驚いて身を引いた飛鳥に、ちょっと待ってくださいね、と言いおいて、トレイをショーケースに並べると、真由子はドアを開いて厨房へ入ってきた。

何かと思ったら、そのまま奥へ抜けてロッカールームへ消え、すぐにもどってくる。

「これ、見てくださいよー」

どこか怒《おこ》ったような口調だった。

ステンレスの調理台の上に広げたのは、雑誌だった。女性誌だろうか。

チェックしていたのだろう、角を折ったページを開いて、真由子がずいっ、と飛鳥の方に差し出してくる。

よくある、スイートの特集というやつだった。

いくつかの有名店が並んでいて、それぞれの人気デザートやこれからのおすすめなどが紹《しょう》介《かい》されていた。

その中の一つ――。

「あ…、これ」

と、思わず飛鳥はつぶやいた。

シャルロット・オ・フリュイ、という、生地の上に季節の果物《くだもの》を華《はな》やかに飾《かざ》ったケーキが紹介されている。

だが、その飾りつけがしばらく前に飛鳥が試作したものとまったく同じだったのだ。まわりを飾っているやわらかな茶色のリボンまで。

そして、エペルネ――。

味の方はわからないが、ビスキュイの生地《きじ》から上までのクリームやプディングの重ね方が、この間飛鳥が作ったのと同じだった。二階の女の子たちにも出したやつだ。

「フェルヴィドール……って、またここか……」

その店の名前を確認《かくにん》して、飛鳥は小さくつぶやいた。

以前にも二度、飛鳥が店に出したものとそっくり同じケーキがこの店から出されていたのである。

まあしかし、どこかで人気の出た商品が真似《まね》されることはよくあることだし、飛鳥にしてもそれほど特殊《とくしゅ》な材料を使っていたわけではない。

その時はさほど気にしてはいなかったのだが——。

「これ、中にリンゴが入ってるのも同じなんですよっ」

プリプリと真由子がつけ足した。

確かに、説明文でもそうなっている。

「絶対、ウチから盗《ぬす》んでいったのよっ！」

真由子の方が憤慨《ふんがい》していて、過激なことを言い出す。

うーん…、と飛鳥はうなった。

前に同じようなデザートが作られた時には、出したばっかりだったけど、一応店頭に出ていたものなので、この店の誰かがチェックしていったということも考えられる。

確かにこう何度も続くと考えないことはなかったけど、しかしこれらケーキはまだ試作段階で、実際には売られていないのだ。真似しようもないはずだ。

まあ、季節の果物を使ったケーキだったら、やはり同じようなところへ発想が行くのも仕方がないかな…、という気もする。

配置やカットの仕方まで同じというのは気にはなるけど。

今度のデパートの出店の時に出そうと思っていたものだったが……、しかし考え直さなければならないかもしれない。

他《ほか》に参加する店のリストも一応見せてもらったが、この『フェルヴィドール』の名前もあったのだ。

そこのオーナー・パティシエもまだ若い人で、飛鳥といくつも違わなかったようだ。

とはいえ、店の規模はかなり違って、あちらはすでに都内を含《ふく》めて五店舗《てんぽ》ほどを展開しているのだが。

デパートに打ち合わせとかセッティングに行った時、何度か顔を合わせたことがある。

おたがいにがんばりましょう、と如才《じょさい》ない挨拶《あいさつ》を受けたが、ブランドもののスーツをぴしりと着こなした姿は、パティシエというよりはやり手のビジネスマンのように見えた。

もっとも飛鳥はよれよれのジーンズにセーターという、こちらもパティシエというよりはまんま学生のようだったが。

「もうっ、飛鳥さんってそういうとこ、暢気《のんき》ですよね」

あきれたような怒ったような、微妙《びみょう》な調子で真由子がズケズケと言った。

別に暢気にしているつもりもないのだが。

と、飛鳥は内心でため息をつく。

そう言われたってどうしようもないことだ。確固たる証拠《しょうこ》もなく、まさか相手方に乗りこんでいくわけにもいかないし。

飛鳥にしてみれば、自分の作ったお菓子《かし》を食べてくれた人においしい、と思ってもらえればいいわけで。

そして、ほんの一瞬《いっしゅん》でもほわっと幸せな気分を味わってくれれば、それで十分だった。

「デパートに持って行く新作のデザート、ギリギリまで誰にも見せないようにしてくださいねっ」

しかし真由子に念を押され、飛鳥ははいはい、とうなずいた。

そんな話をしているうちに、結局飛鳥はこの日も真由子に肝心《かんじん》なことは聞けずに終わってしまった。

だがそれからあとはデパートへの出店準備に追いまくられて、真由子と桂史郎のことは頭の隅《すみ》に引っかかってはいたが、ほとんどそれどころではない状態になっていた。

ブースの外観や看板、スペース内でのショーケースやオーブンなどの配置。そしてもちろん、どのケーキを持って行くかの選別。新作も決めて、その材料や下ごしらえの手順も決めておかなければならない。

バタバタとあわただしくひと月近くが過ぎ、いよいよデパートへの出店が一週間後に迫《せま》ってきた夜だった。

いつもはほとんど一階と最上階の十五階を往復するだけの毎日だったが、このひと月は人と会うことも多くて、飛鳥もかなり気疲《きづか》れしていた。

別に人見知りする方ではないが、こう社会人として、ビジネスライクに対応する、というのに飛鳥はまったく慣れていないのだ。

いつもぶっつけ本番、というか、行きあたりばったりにやってきて、もともと経営センスなどというものはカケラもない。

頭の中はもうパニック寸前だったが、幸いデパートの企画《きかく》担当が年も近くて話しやすく、面《めん》倒見《どうみ》のいい人で、いろいろとフォローしてくれてかなり助かっていた。

しかしさすがに一週間前になると基本的なところは決まってきて、ようやくホッと息をつけるようになっていた。

もちろん最終的なチェックはまだまだで、これからが本番、というところだったけど。

飛鳥もちょっとずつ、気持ちが高揚《こうよう》してきていた。

お祭りの前のような。

こうやってあわただしく準備していると、ふっと昔を思い出す。

高校三年の文化祭――。

あの時は桂史郎のおかげでさんざんだったけど。

だがずっと、一生、忘れられないのだろう。暗闇《くらやみ》の中で聞いた桂史郎の息づかいも。あの痛みも。熱も。

……くそバカ野郎……。

思い出すたび、心の中でそうつぶやく。

もしあれが桂史郎じゃなかったら。

ぶん殴《なぐ》って、それで終わりだったんだろうか……?

もし、桂史郎じゃなかったら――。

自分はあの時、どうしていたんだろう……?

あれから何度も考える。

だけど、いつもその答えは出なかった。

打ち合わせや何かで遠出することも多くなって、そんな時は本当は外食してきてもよかったけど、飛鳥はそれでも毎晩、部屋へ帰って夕食をとっていた。

この日もそうだった。

しかしあのエビフライの日から、夕食はどこかぎこちない雰囲気《ふんいき》になっていた。

何がおかしい、というわけではなかったけど、桂史郎はどこか飛鳥に気をつかっているようだったし、飛鳥もそんな桂史郎にどんな態度をとっていいのかわからなかった。

いつもみたいに、ぽんぽん言いたいことを言い合える方がずっと気楽なのに。

だけどほんの小さな、何かの歯車が一つ、狂《くる》ったようで、どう直せばいいのかわからないだけにもどかしかった。

多分…、飛鳥の方がおかしかったのだろう。

だが別に飛鳥が何かをあやまるようなことではないはずだし…、桂史郎にしても、多分、今さら、なのだろう。

もちろん飛鳥にしてみれば、桂史郎には土下座してもらってもいいくらいだったけど。根本的なところでは。

「飛鳥」

しかしこの日、夕ご飯が終わってから、桂史郎がいくぶん固い声で呼んだ。

「ちょっと話がある」

部屋にもどろうとしていた足を止めた飛鳥は、その声に何か漠然《ばくぜん》とした不安、というか、胸《むな》騒《さわ》ぎを覚える。

真剣《しんけん》な、というのと同時に、どこか飛鳥を気づかうような気配があった。

一瞬、部屋を出てほしい——、とかいう話かと、飛鳥は身構えた。

「何？」

しかしうながされるようにリビングのソファの方にすわりこんだ飛鳥の前に、桂史郎はパサリ…、と茶封筒《ちゃぶうとう》からとり出した書類のようなものを投げ出した。

何だ、という目で桂史郎を見上げると、顎《あご》だけで読んでみろ、と言ってくる。

ワープロ打ちの、五、六枚の紙をとじたもの。

表紙に調査報告書、とタイトルがあって、テレビドラマくらいでしかお目にかかったことはないが、興信所か何かに調べさせたような感じだ。

そして、その調査対象者は——和人、だった。

「な…なんだよ、これ！　おまえ…、こんなこと勝手に調べたのか⁉」

思わず目を見開いて、飛鳥は叫《さけ》んでいた。

「どうしてそんなことするんだよっ！」

何か自分の陣地《じんち》を荒《あ》らされたような不快感に、飛鳥はかみついていた。

「おまえが頼《たよ》りないからだろ」

しかし桂史郎は腕《うで》を組んで飛鳥を見下ろしたまま、さらりと言う。

「うっかり店をたたまれたらあっちこっちが迷惑《めいわく》する。真由子だってな」

ハッと飛鳥は胸を突《つ》かれたような気がした。

――真由子のため……なのか？

「とにかく目を通してみろ」

ギュッと唇《くちびる》をかみしめた飛鳥に、桂史郎がうながしてくる。

報告書自体は長いものではなかった。身上調査、というところか。

そして数枚の写真とその説明。

写真の中に、和人が少し年上の男とどこかの喫茶店《きっさてん》で笑い合っている姿が写っている。

その相手の男は、どこかで見たような気がした。

「『フェルヴィドール』のオーナー・パティシエだ」

「――え…？」

と、さすがに小さな声が飛鳥の口からこぼれた。

あらためて見直すと、そう…、確かに飛鳥も会ったことのある男だ。

その男と、和人が会っている。

そしてそのワープロ打ちの記述に、飛鳥は思わず息を飲んだ。

「和人が……？」

「異母弟だそうだ。だから名字は違《ちが》うが」

淡々《たんたん》と桂史郎が説明する。

何か喉《のど》がカラカラに渇《かわ》いていくようだった。

つまり……どういうことだ？

膝《ひざ》が震《ふる》えてくる。

桂史郎の言いたいことは、言葉にされなくても飛鳥にもわかった。

だけど。

「だっ…だからどうだっていうんだよ！　関係ないだろ！　そんなことっ！」

ぐしゃっと手の中で紙を握《にぎ》りしめ、かみつくようにわめいた飛鳥を、桂史郎がどこか痛ましそうに見つめてくる。

「飛鳥。現実から目をそらすなよ」

そして静かに言った。

「ずいぶんレシピを盗《ぬす》まれてるんじゃないのか？」

静かな声で言われて、ぎゅっと胸がつかまれたように痛くなる。

「そんなこと……だからって和人が何かしたって証拠《しょうこ》にはならないだろっ！」

地団駄《じだんだ》踏《ふ》むように飛鳥は叫んだ。

桂史郎は何も言わず、小さなため息をついた。

それがさらに飛鳥の頭に血をのぼらせる。

「だってあいつは……俺の作る菓子《かし》が好きだって言ってくれたんだ…っ」

「飛鳥…」

どこか哀《あわ》れまれるような目で見られて、飛鳥はたまらなくなる。

「おまえなんかっ、俺の作った菓子を食ったこともないくせに何がわかるんだよっ！」

飛鳥は握りしめていた報告書を、力いっぱい桂史郎に投げつけた。

そして、そのまま自分の部屋へと飛びこんだ。

ベッドに突っ伏《ぷ》して、枕《まくら》を殴りつける。

もう……誰《だれ》を信じたらいいのかわからなくなっていた――。

翌日。

飛鳥はそれでもなんとか普通《ふつう》の顔をして店に出ていた。

何も知らないふりで。

現実から目をそらすな——、と言った桂史郎の声がずっと耳の中に残っている。

自分で——自分の目で、確かめなければならなかった。

「どうしたんですか？　なんか、元気ないですねー」

と真由子には言われたが、飛鳥はちょっと腹が痛くて…、とごまかした。

夜の八時前に客が途切《とぎ》れたのを見計らって、店を閉め始める。

さすがに女性なので、遅《おそ》くならないうちに真由子を先に帰し、和人が残りのドアの戸締《とじ》まりなどをしてまわる。いつものように。

その間、飛鳥は厨房《ちゅうぼう》の隅《すみ》にすわりこんで、スケッチブックを見つめていた。

新作のケーキ案を細かく書きつけたものだ。

「戸締まり、終わりましたよ」

と、和人がエプロンを外しながら入ってくる。

そしてふと、飛鳥の手元に気づいて声を上げた。

「あ、それ、今度出すやつですか？」

「あ…ああ」

飛鳥はどこかうわずってしまいそうな声を抑《おさ》えて、ようやくぎこちない笑《え》みを作った。

「飛鳥さん、今度の試作って、いつ作るんです？」

和人の何気ない問いも、今の飛鳥には妙《みょう》に意味深《いみしん》に響《ひび》く。

「ん…、今、どれにするかいろいろ悩《なや》んでてな…」

そう言った飛鳥に、へー、と和人が目を輝《かがや》かせた。

「そんなにいっぱい考えたんですか？」

「いや…、今までのストックもあるし」

そう言いながら、飛鳥はスケッチブックを調理台の下の引き出しに無造作《むぞうさ》に投げ入れた。

「前日くらいになったら、完成したの、食べてもらうから」

そう言うと、和人はパッと大きな笑みを浮《う》かべた。

「すげー楽しみです！」

そして、じゃ、お先に失礼します、と挨拶《あいさつ》を残して帰っていった。

ハァ…、とようやく飛鳥は肩《かた》から力を抜《ぬ》いた。

楽しみです！　とあの笑顔で言った言葉がウソだとは思いたくない。

たとえ、和人が『フェルヴィドール』と関係があったとしても、それとは別に飛鳥のところに来たのだと信じたかった。

飛鳥は厨房の明かりを消した。

そしてただじっと待った。

——その時が来ないことを祈《いの》りながら。


小一時間がたった頃《ころ》だろうか。

カタン…、と小さな物音がしたのに、飛鳥はビクッと身体《からだ》を震わせた。

大きな冷蔵庫の陰《かげ》にしゃがみこみ、小さく身を潜《ひそ》めたままそっと息を殺す。

店から通じるドアを抜けて、黒い影が入ってくるのがわかった。

丸い懐中《かいちゅう》電灯の明かり。

それはまっすぐに、調理台に近づいてくる。

そしてその影は迷うことなく引き出しを開けて、中から飛鳥のスケッチブックをとり出した。

飛鳥が瞬《まばた》きもできずにじっとそれを見つめる中で。

黒い影が一枚ずつ、確認《かくにん》するようにページを開く。

そして、すぐ頭上の明かりを一つだけ、つけた。

闇《やみ》に弾《はじ》けるような一瞬《いっしゅん》のまぶしさに目を閉じた飛鳥だったが、ようやく目を開けた瞬間——

見慣れた和人の背中が飛鳥の前にあった。

和人はポケットからデジタルカメラをとり出すと、一枚ずつ、飛鳥のスケッチブックのページを写しとっていく。

その背中をじっと見つめながら、音もなく飛鳥の目から涙《なみだ》がこぼれ落ちていた。

やっぱり、という思いと、どうして…っ、という思いと。そして、ちくしょうっ、と何もかもにあたり散らしたくなる破壊的《はかいてき》な思い。

飛鳥は固まってしまったような身体を一つずつ伸《の》ばすように、ゆっくりと立ち上がった。ギシリ、と体中がきしむような気がした。

そのかすかな気配に気づいたのだろうか。

ビク…、と和人の肩が揺《ゆ》れた。

そしておそるおそるふり返る。

飛鳥と目が合った瞬間、あっ、とその顔が驚愕《きょうがく》に強張《こわば》っていた。

「飛鳥さん……」

かすれた声がつぶやく。

飛鳥は何も言わず、ただじっと和人を見つめた。

和人の方も飛鳥から目が離《はな》せないまま、しばらく息をつめていたようだったが、ふっ…と何かが抜けるように息を吐《は》き出した。

「なんだ…、バレてたんですか。飛鳥さんも意外と人が悪いなあ…」

調理台に腰《こし》をあずけるようにして、和人が小さく笑う。

「なんで……おまえ……そんなこと……」

事実を目の前にして、しかし何を言ったらいいのかもわからず、飛鳥はただ呆然《ぼうぜん》とつぶやいていた。

「まー、家庭の事情ってヤツですか」

さらりと和人は言った。

やはり異母兄に頼《たの》まれて、ということなのだろうか。

「初めから……そのつもりでここに来たのか……？」

かすれた声で、じっと和人を見つめたまま飛鳥は尋《たず》ねた。

和人の方がちょっと目をそらす。

その問いには答えなかったが、それが答えということなのだろう。

「飛鳥さん、フランスでマルセル・テュラムに師事してたんですってね」

と、その代わり、ふいにそう言われて飛鳥はとまどった。

「師事……っていうか、しばらく居候《いそうろう》して教えてもらってたけど。なんでおまえがそんなこと知ってんだよ……？」

南仏の田舎《いなか》町で。小さなケーキ屋を一人でやっていた、かなり年をとった爺《じい》さんだった。

だけど、その味はすごく洗練されていた。色も形も。甘いだけでなく、フルーツの使い方が秀逸《しゅういつ》で、素材の味のよく出たケーキだった。

そしてそういうケーキを作るくせに、他《ほか》のパウンドケーキやクッキーなどは素朴《そぼく》な味わいで、その田舎町の雰囲気《ふんいき》そのままのようで。

気のいい爺さんで、すっかり意気投合してしまった飛鳥は、しばらくそこに滞在《たいざい》して彼の味を教わったのだ。

「写真、飾《かざ》ってるでしょう。一緒《いっしょ》に写ってるの」

そういえば、店の隅に飛鳥はいくつか写真を並べている。

ヨーロッパをうろうろしている間に、飛鳥にいろいろと教えてくれた人たちとの思い出。その教えを忘れないように、という気持ちだった。

その中の一つ。

「有名な人みたいだからね。俺は知らなかったんだけど、兄さんの店の子がここに来た時、チェックしたみたいで」

「有名……？」

どこにでもいるような、ただの田舎の菓子《かし》職人の爺さんなのに。

「ホントに知らないところが飛鳥さんのすごいとこなんだろうな…」

和人が苦笑《くしょう》する。

「兄さんとかは、絶対わかってて大々的に公表するチャンスを狙《ねら》ってるだけだ、って言ってたけどね」

なんのことかさっぱりわからない。

「マルセル・テュラムってフランス洋菓子界の巨匠《きょしょう》と言われてる人でしょう? 今は中央からは引いて田舎の方に引っこんでるって話だけど。でも彼の残した店は今も弟子《でし》が展開してるし、発言力もあるらしいしね」

その言葉に、飛鳥はぽっかりと口を開いた。

そんなことはぜんぜん知らなかったし…、たとえ知っていたにしてもそれが日本でどうなるというものでもない。ような気がするのだが。

「それで兄さんはずいぶんあせったみたいでね。何か秘伝のものがあるんじゃないか、って」

……それで和人がここに潜入《せんにゅう》してきた、というわけなのか。

じわっ、と身体の底の方から何か黒いものがにじみ出してくる。

爺さんには何か特別の作り方とかを教えてもらったわけではない。

ただ自分が楽しく、そしてまわりにそれを分けてあげられるような……そんなふうに作っていくことを教えてもらっただけだった。

決して立ち止まらずに、自分がおいしいと思えるものを、きれいだと思える形を探していくこと。

そんなあたりまえのことしか。

誰《だれ》に何を教えてもらっても、結局、新しいものを作り出すのは自分の手でしかないのだから。

飛鳥は怒《いか》りに突《つ》き動かされるようにツカツカと和人の方へ歩いていった。

そして調理台の上に広げられていたスケッチブックをつかむと、思いきり和人の顔に向かって投げつけた。

わずかに顔をそむけただけで、かわすこともせずにそれはまともに和人の頰《ほお》にあたって、バサリ…、と床《ゆか》に落ちる。

「そんなに欲しけりゃ持ってけばいいだろっ、こんなものっ！」

飛鳥は体中から吐き出すようにそう叫《さけ》ぶと、ぜぃぜぃと肩《かた》で大きく息を切る。

新しいケーキなんか、いつだって作れる。職人を続けていく限り、毎日毎日もっと新しいものを、もっともっとおいしいものを生み出していくことはできる。

――だけど。

大切にしてきた人とのつながりは、そう簡単には作り直せないのに。

「飛鳥さん、お人好《よ》しだからなあ……」

和人が足下に落ちた小さなスケッチブックを拾い上げて調理台にもどし、くすくすと笑いながら言った。

「なんかすげー無防備だし」

裏切られた上、なんでこんなに言いたい放題《ほうだい》言われなくちゃいけないんだ、と思いながらも、飛鳥はぎゅっと奥歯をかみしめたままだった。

「若先生が気が気じゃないのもわかりますよ」

しかしその言葉にハッと目を見開く。

「桂史郎……？」

なんで、その名前が出てくるのか。

一歩、和人が近づいてきた。

何か押し迫《せま》ってくるような空気に、飛鳥は無意識に身を遠ざける。

「カンがいいですよね。っていうか、飛鳥さんのことだからかな…？」

唇《くちびる》の端《はし》で小さく笑う。

そして。

「な…、和人!?」

いきなり腕《うで》を引っ張られたかと思うと、そのまま手首をつかまれ、調理台の上に上体を張りつけられた。

目の前いっぱいに、大きく和人の顔が映る。のしかかってくるように。

「飛鳥さん、先生とはできてない、って言ってましたよね？」

ささやくように言われて、飛鳥は思わず息を飲んだ。

「な…だよ……？」

初めて和人が恐《こわ》い、と思った。

あの時の──高三の時の記憶《きおく》が頭の中によみがえってくる。

暗闇《くらやみ》で腕をつかまれて。

ただ驚《おどろ》きと、混乱と、痛みと。そして、怒り──。

「ずっとおあずけさせてんですか？　拷問《ごうもん》だな…、一緒に暮らしてんのに手を出せないなんて。若先生も気の毒に」

くすり、と笑われて、何かカーッと頭に血がのぼってくる。

「お、お、おまえには関係ないだろっ！」

唾《つば》を飛ばすようにして飛鳥はわめいた。

桂史郎とのことは自分たち二人の間のことで。

他のヤツに口をはさまれるいわれはない。はさんでほしくなんかない。

「俺がつまみ食いしちゃったら怒るんだろうなあ…」

どこかのんびりと、しかしよく考えれば恐《おそ》ろしい言葉をするりと和人が口にする。

「ちょっ…、和人、おまえ……！」

さすがに飛鳥はあせった。

「飛鳥さんって、ホント、おいしそうなんですよ？　自分じゃわかんないんでしょうけど。パッションフルーツいっぱいのってる感じで。ショーケースに並んでるんだったら、即《そく》買いなんですけどねえ」

独り言のように言いながら、和人の顔が近づいてくる。

「味見くらいしてもいいのかな…？」

その表情が今までのからかうようなものではなく、すっと、どこか固く引き締《し》まってくる。

ゴクリ、と飛鳥は唾を飲みこんだ。

両手首をきつく押さえこまれたまま、和人の唇がやわらかく飛鳥の頰をたどり、顎《あご》から喉元《のどもと》を舌先がなぞっていく。

ざわっ…、と全身に震《ふる》えが走った。

わずかに身をすくめた瞬間《しゅんかん》、強引《ごういん》に唇が重ねられる。

「ん…っ！」

飛鳥は必死に顔をそむけたがあっさりとつかまり、さらに深く舌をからめられる。

――いやだ…っ、いや……っ！

生暖かい感触《かんしょく》が気持ち悪く、飛鳥は喉の奥のものを吐《は》き出すようにもがいた。

息が苦しくなって、ようやく唇が離《はな》される。

「どうせ、もうここにはいられないですしね…」

和人がどこか自嘲《じちょう》気味な笑《え》みを浮《う》かべた。

そして押さえつけていた飛鳥の手首をひとまとめにして頭上につかみ直し、空いた片方の手でそっと喉元から指を差し入れてきた。

「あ…っ」

指先がコックコートのボタンを外し、直《じか》に肌《はだ》に触《ふ》れてくる。

するりと撫《な》でていく感触に、ゾッと背筋《せすじ》に冷たいものが伝う。

身をそらせた飛鳥に、かすれ声で和人が笑った。

「なんかカワイイ反応ですよねえ…。若先生、ホントにずっと我慢《がまん》してたんですね」

勝手なことを言う男に、飛鳥はカッとなってわめいた。

「そんなわけないだろっ…！——や…やめろ……っ、バカ……っ！」

そしてさらに前を開いてきた和人にあせって、めちゃくちゃに足をばたつかせる。

「って…！」

それが和人の膝《ひざ》にあたったようで、一瞬、飛鳥を押さえこんだ腕の力が緩《ゆる》んだ。

飛鳥はとっさに片方の手首をねじって相手の手を引きはがすと、反射的に押さえこもうとした和人の腕を上段で受け、掌底《しょうてい》でその顎を突き上げる。

ぐっ、とうめいてわずかにのけぞったところで、前足の底の部分で思いきり和人の身体《からだ》を突き放した。

「わ……っ！」

声を上げて、弾《はじ》けるように和人の身体が後ろの冷蔵庫へたたきつけられた。

何をした、という意識もなく、身体で覚えたほとんど反射的な動作だった。それでもようやく身体が自由になって、飛鳥は肩で大きな息をつく。

かなりダメージは大きかったようで、和人は冷蔵庫にそってずり落ちたまましばらく動かなかった。

床へうずくまったまま、いてぇ…、と蹴《け》られた腹を押さえこむ。

「……あー……、そういえば飛鳥さんって空手やってたんですよね……」

まずったな…、と和人がうめいた。

そして飛鳥がじっと見つめる中で、ようやくぞろりと身体を起こす。

「情けねぇなあ……」

と、ため息をつき、そして和人は静かに飛鳥を見上げた。

「飛鳥さん…、誰でも人を信用しすぎですよ」

その言葉に飛鳥はわずかに息を飲む。

「世の中、いろいろキビシイですしね…。好きってだけでやっていけるほど甘くもないし」

飛鳥はぎゅっと唇をかみしめたまま、何も言わなかった。

ただ自分をにらみつける飛鳥に、和人がどこかさびしそうに笑った。

「残念だな…、もう飛鳥さんのお菓子《かし》、食べられなくなるなんて」

それだけ言うと、和人はよろけるように歩き出した。

パタン…、と乾《かわ》いた音を立ててドアが閉まる。

夜の静寂の中に和人の足音が消えて、飛鳥はずるり、とくずれるように床《ゆか》へすわりこんだ。

身体が重く、立ち上がることもできなかった。

また、裏切られたんだ…、と。

何度も何度も。

同じことを、自分はくり返すばっかりだ……。

そう思うと、情けないのと、悲しいのと、悔《くや》しいのとでもう頭の中は真っ白だった。何も考えられない。

好きだった分、裏切られた時の衝撃《しょうげき》は大きくて。

どのくらいたった頃《ころ》だろうか。

空っぽの厨房《ちゅうぼう》に、ギッ…とドアがきしむ音が響《ひび》き渡《わた》る。

しかし飛鳥は、それが何を意味するのかもわからなかった。

目の前に黒い影《かげ》が立って、そして膝をついてしゃがみこんで、まっすぐに飛鳥の顔を見つめてくるまで。

明かり一つがともるだけのぼんやりとした視界の中に、桂史郎の顔が映る。

「飛鳥」

名前を呼ばれて、その低い声が心の中に静かに沈《しず》んでくる。

「俺……ホントにバカだよな……」

自分が口を開いたという意識もなく、飛鳥はポツリとつぶやいていた。

目の前に桂史郎がいる、という驚きさえも、心には響かない。

「ずっと……だまされてたんだよな」

そう言った自分の言葉に、発作的《ほっさてき》に笑いたくなる。

「俺…、誰《だれ》でも信用しすぎだって。ホントだよな」

結局、自分は相手の表面だけしか見てなかったのかもしれない。

「おまえだって……和人だって……」

心の底で何を考えているかなんて、ぜんぜん知ろうともしないで。

「飛鳥」

もう一度、桂史郎が名前を呼ぶ。

そしてどこかためらいがちに手を伸《の》ばしてきた。

その指先が頬《ほお》に触れた瞬間、ピクッと飛鳥は身を震わせた。

「……さわんなよ……」

飛鳥は何かにじみ出しそうなものを必死にこらえながら、かすれた声でうめいた。

だけどふり払《はら》う気力さえもない。

「おまえはそのままでもいいさ」

ふっと、桂史郎のやわらかな声が耳にすべりこんでくる。

「昔からずっと変わらないよな……。おまえはそのままで……いればいい」

その言葉に、まぶたが急に焼けるように熱くなるのを感じる。

ツン…と鼻に何かが突《つ》き上げてきて。

「だって……」

喉に引っかかるようにうめいて、そしてそっと顔を上げると、桂史郎の顔が変なふうにゆがんでいた。

「必要なら俺も……真由子だっているだろう？　いつだって手を貸してやれる」

「あ…」

その言葉が熱く胸の内に落ちてくる。

うれしくて。

でも、真由子、と呼んだ桂史郎の声が、胸に苦しくて。

「おまえなんか……真由子とつきあってるくせに……」

ぎゅっと固めた拳《こぶし》で、飛鳥は桂史郎の肩《かた》をたたいた。

手を貸してくれる――友人、なんだろうか？

桂史郎にとって、自分は。

ただの昔馴染《むかしなじ》みの友達、なんだろうか。

「俺のこと…、強姦《ごうかん》……したくせに……っ」

何を言いたいのか、自分でもわからなくなっていた。

「間違《まちが》えた……くせに……っ」

悔しくて。

飛鳥はバタバタと桂史郎の身体をかまわず殴《なぐ》りつけた。

「飛鳥」

桂史郎が両手で飛鳥の頬を包みこんでくる。

こらえきれず、ぼろぼろっとこぼれ落ちた涙《なみだ》が桂史郎の指を濡《ぬ》らしていった。

「俺は……間違えたりしない」

ささやくように桂史郎が言った。

必死にこぼれそうになる嗚咽《おえつ》をこらえていた飛鳥は、しばらくしてからようやくその言葉が頭に入ってくる。

え…？　と、ぼんやり桂史郎を見つけた飛鳥の顔が、両手に包まれたままそっと引きよせられた。

桂史郎の顔が大きく近づいてきて。

唇《くちびる》がそっと触《ふ》れ合って。深く重ねられて。

飛鳥はただ呆然《ぼうぜん》と目を見開いたまま、それを受け入れていた。

やがて濡れた舌先が唇をたどり、中へと入りこんでくる。あっと思った時には、舌がからめとられ、甘く吸い上げられていた。

「ん…っ」

思わず、飛鳥は桂史郎の肩にしがみついた。

何か足下からふわふわと沈んでいきそうで。

背中から引きよせるように桂史郎が大きな腕《うで》をまわしてくる。

自分が何をしているのかも、どうしてこうなっているのかもわからなかった。

軽い、濡れた音を立てて、何度もキスがくり返される。

その間に桂史郎の手が飛鳥のエプロンの結び目を解《ほど》き、そのまま足下に落とすと、なかば脱《ぬ》がされかけていたコックコートの前をはだけさせていく。

ズボンを引き下ろされ、脇腹《わきばら》のあたりを手のひらでそっと撫《な》でられて、ようやく飛鳥は今の自分の状態に気づいた。

「あ…っ、や……」

思わず身をよじったが、桂史郎の手がうなじにかかって顔をそらすことを許さない。

「ん…、ふ……」

さらに深く、唇が重ねられる。

頭の中がじん…と痺《しび》れてくるようで。霞《かすみ》がかったように朦朧《もうろう》としてくる。

ただ何かを求めるように、飛鳥は桂史郎の肩にしがみついていた。

なんで抵抗《ていこう》しないんだろう…、と思う。

さっき和人にされたことと同じことなのに。

高三の、あの時だって——。

もっと抵抗できたはずなのに。大声でわめいて、助けを呼ぶことだって。

桂史郎の手が、いくぶん強引《ごういん》にコックコートの下に着こんでいたシャツを脱がす。

「あ…っ」

ひやりと冷たい調理台の感触《かんしょく》が肌《はだ》に直《じか》に触れて、飛鳥は思わず小さな声を上げた。

ほとんど全裸《ぜんら》に近い自分の格好にようやく気づいて、飛鳥はカーッと頰が熱くなる。

「飛鳥」

桂史郎の唇が、かみつくようにして喉元《のどもと》へ落ちた。

「た…っ」

肌をきつく吸い上げられ、歯を立てられて、チリッとした痛みが伝うように全身を走っていく。

「飛鳥……」

何度も名前を呼びながら、桂史郎が飛鳥の身体《からだ》の線にそって唇をすべらせる。手のひらが優《やさ》しく肌を愛撫《あいぶ》していく。

「は…、ん……」

ぎゅっと目を閉じたまま、そのやわらかな感触だけを全神経が追いかける。

桂史郎のわずかに温度の低い手のひらが、さらりと肌に心地《ここち》いい。

優しく動いていた桂史郎の手がやがて胸へとすべり、指先が小さな芽を見つけ出した。

「あっ、あ……！」

わずかに力をこめて押しつぶされ、飛鳥は思わず胸を反らせた。

あっという間に硬《かた》く芯《しん》を立てた乳首《ちくび》が、意地悪く動く桂史郎の指でさらにもまれ、きつくつまみ上げられる。

「あぁぁ……っ！」

その鋭《するど》い刺激《しげき》に飛鳥はたまらず声を上げた。

何か身体の奥の方でじん…、と鈍《にぶ》い疼《うず》きが生まれてくる。

思わず押しのけようとした腕は桂史郎の手で押さえこまれ、次の瞬間《しゅんかん》、そこに濡れた感触が落ちてくる。

「ふ…、あっ…ああ…っ！」

ぞくっ、と全身に甘い痺れが走る。

やわらかな舌先がくすぐるように飛鳥の胸をたどり、小さな粒《つぶ》をなめ上げた。

「あぁ…っ、あっ…あっ……！」

桂史郎の唇は唾液《だえき》をからめるようにして丹念《たんねん》に飛鳥の胸をついばみ、からかうように軽く歯を立てる。

その都度、ぐずぐずとくずれるように下肢《かし》に熱がたまっていく。

「ん…、や…あ……っ」

たっぷりと濡らされた乳首が再び桂史郎の指につままれ、さらに鋭い刺激となって飛鳥の全身に襲《おそ》いかかる。

飛鳥はどうしようもなく、大きく身体をしならせた。

「気持ちいいのか…？」

じっと自分のその姿が熱い視線に追われているのがわかる。

耳元で意地悪な声にささやかれて、たまらない気持ちになる。

「もうこんなに硬くしてるもんな…。ほら、こっちも」

その言葉と同時に、さらに下の身体の中心にするりと指が伸《の》ばされる。

「あぁ………っ！」

大きな手の中にすっぽりと飛鳥のモノが収められ、軽くこすり上げられて、飛鳥はものすごい勢いで身体を跳《は》ね上げた。

ザッ、と全身が粟立《あわだ》っていく。

それが快感なのか何なのかもわからない。
二、三度、桂史郎の手の中で愛撫され、飛鳥のモノはみるみる硬く形を変えていった。
思わず足を閉じようとした飛鳥より一歩早く、桂史郎が片足を差し入れて閉じられないようにする。

「く…」

目の前が真っ赤になるのを感じながら、飛鳥はただぎゅっと唇をかみしめた。

桂史郎の手がさらに巧《たく》みに飛鳥の中心をしごいていく。

腰《こし》に力を入れて、飛鳥は必死にこらえようとしたが、どうしようもなく淫《みだ》らに揺《ゆ》れてしまう。

桂史郎の指の感触、爪《つめ》の先で先端《せんたん》をなぶられる刺激に、とろり、と先端からは滴《しずく》がこぼれ始めた。

「あ…、や…ぁ……」

それを塗《ぬ》りこめられるように、さらに強弱をつけてこすられる。

飛鳥は涙をにじませてうめいた。

と、桂史郎の手がわずかに痙攣《けいれん》するように動いている飛鳥の太腿《ふともも》にかかる。

そしてぐいっと力を入れると、そのまま飛鳥の腰を調理台へと押し上げた。

あっ、と思った時には、飛鳥の身体は調理台の上に寝《ね》かされ、足を大きく広げられていた。

それがわかった次の瞬間、中心が濡《ぬ》れた感触に包まれる。

「けい……！」

飛鳥は悲鳴を上げるように叫《さけ》んでいた。

しかしその言葉もとろけるように語尾《ごび》がこぼれていく。

桂史郎の熱い口の中で。

飛鳥のモノが丹念になめ上げられる。

「あああ……っ」

飛鳥は反射的に桂史郎の髪《かみ》につかみかかった。

指の間を硬い髪の感触がすり抜《ぬ》けていく。

「あっ…あぁ…っ、あっ…あっ……！」

しかし強い腕に両足を押さえこまれたまま男を押しのけることができず、飛鳥はむさぼられるままに腰を揺すった。

腰から下がどんどん熱に溺《おぼ》れ、溶《と》かされていく。感覚すらなくなって、ただひたすら追い上げられていく。

「もう……！」

何かが爆発《ばくはつ》しそうでたまらずうめいた飛鳥に、ようやく桂史郎が濡れた音を立てて口を離《はな》した。

唾液に淫らに濡れてそそり立つモノを、桂史郎が優しく撫《な》でる。

その感触に飛鳥はたまらず腰をうごめかした。

桂史郎の指が硬い飛鳥のモノをそっと指先で撫で下ろし、根本まで行き着くと、さらにそこから奥へとすべらせてくる。

あ…、と飛鳥は小さく息を飲んだ。

一度だけ、そこを許した過去の記憶《きおく》と痛みがよみがえってくる。

奥を暴《あば》き出した桂史郎の指が入り口を撫で、指先をわずかに沈《しず》みこませてくる。

震《ふる》える声で、飛鳥は男を呼んだ。

「けい…し…ろ……」

「桂史郎……っ」

助けを求めるように……許しをこうように。

自分でもどうして欲しいのかわからないまま、飛鳥は叫んだ。

しかし桂史郎の指はさらに奥へと入りこみ、飛鳥は反射的にそれを締《し》めつけていた。

「飛鳥…」

桂史郎がなだめるように飛鳥の足を撫で、ゆっくりと抜き差しする。

「あっ……あ……」

じわり、と涙《なみだ》がにじんできた。

悔《くや》しいのか。つらいのか、痛いのか——。

飛鳥の中をえぐる感触《かんしょく》が、得体の知れない感覚からだんだんと馴染《なじ》んできて、身体の中に沁《し》みこんでくるような甘い疼きを生み出していく。

「あぁ…っ！」

中を大きくかきまわされ、どこかにあたった瞬間、ピクッと電流が走ったように身体が跳ね上がってしまう。

飛鳥の中を乱すのと別の指が、震えながら小さな滴をにじませる飛鳥の前へとかかる。

「う…っ、ふ…っ、あ…ああ……」

前と後ろとを同時に指でなぶられて、飛鳥は調理台の縁《ふち》を握《にぎ》りしめたまま必死にこらえた。

後ろの指が二本に増え、さらに前が再び唇《くちびる》で愛される。

熱に浮《う》かされるように、飛鳥はただあえぎ続けた。

そしてふいに桂史郎が顔を上げたかと思うと、後ろの指も引き抜く。

ホッとした次の瞬間。

「ああぁぁぁぁぁ——……！」

指よりもさらに大きいモノで、後ろが貫《つらぬ》かれていた。

痛み、というよりも、衝撃《しょうげき》だった。
深く、食いつくされるように、桂史郎が身体《からだ》の中に入ってくる。
桂史郎の熱が直《じか》に身体の中で脈打つ。
軽く揺すられ、だんだんと強く激しく突《つ》き上げられてくる。
密着させた腰を揺すりながら、桂史郎が飛鳥の身体を引きよせる。
汗《あせ》の匂《にお》いが、ふわりと鼻をかすめた。
荒《あら》い、息づかい——。
あの時と一緒《いっしょ》だった。
「けい…しろ……」
食いしばった歯の間から、飛鳥がうめく。
男の肩《かた》につかみかかり、食いこむほどに爪を立てる。
飛鳥の身体をさらにきつく引きよせた桂史郎が、じっと飛鳥を見つめていた。
桂史郎らしくもない——見たこともない、どこかせっぱつまった眼差《まなざ》しだった。
「飛鳥…、おまえは本当に……ひどい男だよな」
そしてかすれた声でささやく。
どっちがだ——、と飛鳥は内心で吐《は》き捨てる。
こんなこと、してるくせに…っ。

「あぁぁぁ……っ！」

しかしずるり、と身体の奥で大きく動くたび、中がこすり上げられ、さらなる熱を生み出す。

桂史郎が大きく腰をまわすたび、飛鳥は引きずりこまれるようにその熱に飲みこまれていく。

「あっ…あぁぁ…、あぁ……っ！」

自分が、おかしくなっていく。

体中がホイップしたクリームみたいにドロドロに溶けてしまう。

「けい…っ…け…しろ……っ、もう…っ、もう……っ！」

何かがギリギリまで来ていた。

飛鳥は桂史郎の首につかみかかるようにして腕《うで》をまわし、腰をすりよせて、激しくふりまわした。

淫らに蜜《みつ》をこぼし続ける飛鳥の中心が桂史郎の腹にこすられ、さらに飛鳥を追い立てていく。

飛鳥──、と桂史郎がうめくように名前を呼ぶ。

深く、桂史郎の腰が飛鳥の奥を突き上げる。

その瞬間《しゅんかん》、弾《はじ》け飛ぶように飛鳥の中で何かが切れた。

「あ…あぁぁぁぁぁぁ──……！」

自分の上げた声がどこか遠くで聞こえる。

「飛鳥……」

優《やさ》しい、どこか悲しい、にじむような声。

熱く強い腕に支えられたまま、飛鳥は意識を手放していた――。

◇　◇

『ん？　俺か？』

飛鳥の問いに、どこか意地の悪い笑《え》みを浮かべて桂史郎は言った。

中学三年の秋。

進路はそろそろ最終決定の時期を迎えていた。

ずっと気になっていて、だけどそれまで聞けなかったことを、飛鳥は思いきって桂史郎に尋《たず》ねてみたのだ。

『おまえさ…、高校、どこ行くんだ？』

と。

飛鳥は家から一番近い、県立の香南《こうなん》高校というところを第一希望にしていた。学力的にもちょうどいいくらいのところだ。

だが桂史郎の学力からするともっと上の進学校を狙《ねら》えるはずだし、将来歯科医を目指しているのならば、当然、そうするはずだった。

中学までは同じ校区だったけど……、ここでお別れだ、ということだ。

それがわかっていたから、飛鳥も今まであえて聞けずにいた。

『進路指導にはいろいろ言われたけどな』

と、桂史郎は不敵に笑った。

ごくり、と無意識に飛鳥は唾《つば》を飲みこんでいた。

そんな飛鳥に、ふっと桂史郎が表情を緩《ゆる》めた。どこかやわらかい、優しい笑み。

『香南に決めてる』

その答えに、飛鳥は大きく息を吸いこんだ。

『そ…そっか。ハハハ…、なんだ、また一緒なのかー。いいかげん、おまえとは縁が切れると思ったのになーっ』

そんな憎《にく》まれ口をたたきながらも、飛鳥はホッとしていた。

『おまえがすべらなきゃな』

と、憎たらしく桂史郎がつらっと言う。

確かに心配なのは飛鳥の方だったけど。

もうお別れだ、と覚悟《かくご》していたから、その言葉は飛鳥の胸の中で弾けるくらいにうれしかった。

また一緒にいられるんだ、と。

そして……桂史郎がやはり同じ高校を選んだのも、きっと。

ただ家に近いから、というだけじゃないはずだった――。


目が覚めた時、飛鳥は自分のベッドで眠《ねむ》っていた。

もう朝か…、とぼんやりして、でも目覚ましが鳴る前に起きるなんてめずらしいな…、と我ながら思う。

夢を、見ていたようだった。

懐《なつ》かしい、昔の夢――。

――あれ…、なんだっけ……？

しかしはっきりとは思い出せない。

飛鳥は頭をかきながらのろのろと身体を起こした。そして、目に映った自分の身につけている寝間着《ねまき》にハッとする。

いつも着ているパジャマじゃなかった。それどころかくしゃくしゃになったシャツ一枚で、下着さえもつけていない。

そのシャツのしわに、遠い昔の記憶《きおく》がダブってくる。

文化祭のあの夜の――。

そしてゆうべの……あの厨房《ちゅうぼう》での出来事が、一気に逆流するように頭の中に早送りに再生される。

信じたくなかった、和人の行動と、その言葉。

ズキッと鋭《するど》く胸が痛む。

それから。

覚えのあるようなないような……腰《こし》の痛み。

「あ…」

ざわっ、と桂史郎の腕の感触《かんしょく》が、手の温《ぬく》もりが肌《はだ》によみがえってくる。

身体の中にもあの熱さを思い出すようで、飛鳥は身を縮めるようにしてギュッと自分の身体を抱《だ》きしめていた。

きつく、唇《くちびる》をかむ。

意識はなかったが……こうして自分のベッドで寝《ね》ているということは、桂史郎が運んでくれたのだろう。
ふいに涙《なみだ》がにじんできた。
ぐっと引きちぎるように布団《ふとん》をつかむ。
……どういうつもりだ、バカ野郎《やろう》……っ。
奥歯をかみしめて、内心でののしる。
二度も……同じこと、やりやがって。
それとも、二度も引っかかる自分がバカなのか。
『俺は……間違《まちが》えたりしない』
ささやくような桂史郎の声が耳に残る。
それがどういう意味なのか。
飛鳥はぐすっと鼻をすすり上げた。
わかっていた、はずだった。
多分、ずっと知っていたはずだった。
桂史郎はそんなバカな間違いはしない。
――だけど。
だったら。
「……卑怯《ひきょう》だろ……こんなの」

うめくように、飛鳥はポツリとつぶやいた。
卑怯だ。最後まで言わないなんて。
大きく息を吸いこむと、飛鳥はようやくベッドを下りて着替《きが》えをした。
リビングに出ると、桂史郎はすでに朝食の準備をしていた。
ドアの開く音に、一瞬、桂史郎の視線が流れてくる。
が、すぐに目をそらした。
さすがに昨日の今日ではまともに飛鳥の顔も見られないようだった。
ふん…、と飛鳥は内心で鼻を鳴らす。
ざけんなよ、てめぇ——。
という、やけに物騒《ぶっそう》な気分になっていた。
顔を洗ってから、どかっとダイニングのイスに腰を下ろす。
「メシ。おせーぞ」
並べてあった箸《はし》を鳴らして、飛鳥はふんぞり返る。
焼き魚を運んできながら、桂史郎がわずかに眉《まゆ》を上げる。
「人を働かせているわりには横暴だな」
「たりめーだ。二回も無断でやりやがったんだからな」
じっとすわった目でにらみ上げると、桂史郎は軽く肩《かた》をすくめた。

しらばっくれるつもりなのか。
――というよりも。
何も言わないつもりなのか。
あの時と同じように。
そして卵焼きとサラダを冷蔵庫から出してから、桂史郎もテーブルについた。
「今日は店にいるのか？　何時に上がる？」
夕食の時間の問題だろう。
このところ、毎朝の確認事項《かくにんじこう》になっている。
「今日はちょっと材料見てくるけど…、でも昼間だから夜は同じ」
そうか、と桂史郎は淡々《たんたん》とうなずいた。
それに飛鳥は黙々《もくもく》と飯をかきこんだ。
どうしたらいいのかわからなかった。いや、わかっているような気もした。
だがそれ以上に怒《おこ》っていた。
されたことに、ではない。
言わないことに、だ。
言ってみれば、「なんとか言えよ、このやろうっ！」という気持ちだった。
ちゃんと言えよ――、と。いいかげんはっきり言ってみろよっ、と。

絶対に、桂史郎から言うべきことのはずだった。

——その、言葉は。

和人のことはやはり精神的にかなりショックではあったけど、そのあとの桂史郎とのことや、デパートでの企画《きかく》が間近に迫《せま》っていて、あまり落ちこんでいるヒマがなかったのはむしろ、よかったのかもしれない。

真由子に和人のことを説明したら、

「やっぱり！」

と、目をつり上げて一声叫《さけ》んでいた。

「なーんか、時々ヘンだなー、って思ってたんですけどね。携帯《けいたい》で新作がどうの、って話してたし、何かコソコソ、メモみたいのとってたし」

どうやら真由子はうすうす気がついていたようだった。

まあ、レシピが盗《ぬす》まれているとすれば、真由子か和人のどちらかだろうし、自分でなければもう一人でしかあり得ない。

「訴《うった》えてやればいいのにっ」

と真由子は息巻いたが、飛鳥にはあまり意味があることとは思えなかった。

それでも、あの男の分も私が働きますから！　と力強い言葉をもらって、飛鳥もとにかく目の前の仕事に集中することにした。

都心の大手デパートで行われるその企画は、十月下旬《げじゅん》の水曜日から六日間。催事場《さいじじょう》での販売《はんばい》になる。小さなオーブンや冷蔵庫も持ちこめるので、そこでちょっとしたお菓子《かし》なら作れるようにもなっていた。

持ちこむ菓子の種類を決め、材料の下ごしらえを始めて、ドライフルーツなどストックしておけるものは数日前から作り始めていた。

イベントでの販売は、店で売っているものより少し小さめに作ることにした。やはりああいうところでは何種類も買っていきたいだろうから。

そうなると、飾《かざ》りつけにも多少の変更《へんこう》はでる。

もともと三人しかいなかったところに一人抜《ぬ》けたわけだから、それはもう目のまわるようないそがしさだった。

通常の時間に店が終わってから真由子も居残って手伝ってくれていたが、それでも手が足りなくて。

夕食を食べに上がる間もなくなった飛鳥に桂史郎が下まで出前してくれたのだが、それを捕《つか》まえて手伝わせた。

「なんで俺が……」

とつぶやきながらも、もともと手先の器用な桂史郎は飛鳥の指示通り、なかなかきれいに型を抜いたり、飾りつけをこなしたりしていた。

睡眠《すいみん》時間も短くなって、かなりハイな精神状態だったが、それでも飛鳥はなんだかそのいそがしさが楽しかった。

それこそ、高校の文化祭の前夜のようで。

もう一度やり直せるだろうか……、と思う。

あの時、めちゃくちゃになった思い出を。

そして、イベント当日――。

朝早くにできたてのケーキを搬入《はんにゅう》し、真由子が徹夜《てつや》で作り上げたポップやケーキを説明したカードを飾りつけ、なんとか店の体裁《ていさい》は整っていた。

手が足りないので、結局イベントの間、店の方は臨時休業ということで真由子も会場のスタッフとして入っていた。

——が。

十時の開店と同時に、客はそこそこ入っていた。テレビや雑誌、チラシでの宣伝がかなりあったのだろう。

平日の真っ昼間からなんでこんなに、と思うほどだ。

しかしそれらの客はまるで川の流れのように有名店へと連なっていき、すぐに大きな列になっていた。

真ん中に広場のように設けられたイートインのスペースをとり囲むように各店のブースが配置されているので、どの店が売れていてどの店がはやっていないかは一目瞭然《いちもくりようぜん》だった。

飛鳥のブースのほとんどむかいに位置していた『フェルヴィドール』は、やはり知名度があるだけにかなりのにぎわいになっている。

昼を過ぎ、夕方近くなると、さらに放課後の学生や会社帰りのOLたちで会場は混雑し始めていた。

威勢《いせい》のいい声が飛び交《か》う中、それでもポツポツと訪《おとず》れる客の相手をしながらも、飛鳥は内心で小さなため息をついていた。

やっぱりこうして眺《なが》めていても、一番売れてないかなあ…、と思う。

食べてくれた人が喜んでくれればいい、とは思うけど、やっぱりこう目に見えて差が出るとちょっとさびしくなる。

　夕方を過ぎて、そろそろ客が減り始めた頃《ころ》、ふらりと桂史郎が姿を見せた。

　女性客が多い中で、長身に薄手《うすで》のコートをまとったスーツ姿はなかなかに決まっていて、通りすがりの女たちがちらちらとふり返っていた。

「なんだ、暇《ひま》そうだな」

　しかも胸にグサッとくる事実を、平然とした顔で言うところが腹が立つ。

　まったく思いやりもデリカシーも何もない。

　飛鳥はむっつりと男を見上げた。

　ショーケースの中には、半分ほども品物が残っていて、まあ誰《だれ》が見ても売れているとは思えないのだろうが。

　こちらで作ろうかと用意していた材料も使われないままに冷蔵庫に眠《ねむ》っているし、設置していたオーブンも、今日は火を入れられないままに終わっている。

「あら、若先生」

　真由子が愛想《あいそ》よく声をかけて、桂史郎をブースへ招き入れた。

　どうだったの？　と真由子に向かって尋《たず》ねる桂史郎に、真由子は軽く肩をすくめた。

「ふだんのうちの売り上げと比べたらいい方ではあるんですけどね」

　それはまあ、こういう場所だからあたりまえで。正直なところ、ふだんの数倍くらいの売り上げがないと困るくらいだ。

真由子は的確に状況《じょうきょう》を読んで、できるところからあと片づけに入っていた。

「なんだよ…、おまえ、わざわざ冷やかしに来たのか？」

ショーケースの後ろのパイプイスにすわりこんだ飛鳥は、脇《わき》に立ったままの桂史郎に憮然《ぶぜん》と言った。

「近くまで来る用があったからな。俺も手伝わされたことだし、どうかと思って見に来たんだが」

――ウソつけ…。

と、飛鳥は内心でつぶやいた。

歯医者が出張治療《ちりょう》でもないだろうし、そんな都合よく用があるはずはない。

桂史郎はこんな平然とした顔で、平気でウソをつく。

――俺が心配だったくせに……。

そう思うと、何かぽろっ、と今まで精いっぱい張りつめていたものがくずれるようだった。

ハァ…、と大きなため息をついて、飛鳥は肩《かた》を落とした。

「なんかなー…、あの店とかなり雰囲気《ふんいき》、かぶってるみたいで」

飛鳥は軽く顎《あご》を上げてむかいの店を示す。

ちらり、と桂史郎が視線をあげて、それを確認《かくにん》した。

「『フェルヴィドール』か……」

「ねーっ、ムカツクでしょっ」

話が耳に入っていたらしい真由子が後ろから声を上げる。

立ちよった友達連れらしいOLが、ショーケースの前で話していたのだ。

『ほら…、これとか、あっちの店にも同じようなのがあったし』

もちろん、スタンダードなイチゴやショコラのケーキなどはどこの店でも出しているのだろうけど。

それだけでなく、かなりデコレーションが似たケーキが並んでいたらしい。……これは真由子が偵察《ていさつ》してきたのだが。

そしてもともと知名度がある分、当然のことながら、むこうの方がずっと売れている。この時間、遠目にもショーケースの中はほとんど空っぽだった。

「明日から種類…、変えた方がいいのかな……」

ため息とともに、ポツリと飛鳥はつぶやいた。

その言葉に、えーっ、と真由子が声を上げた。

「せっかく飛鳥さんが考えて形にしたものでしょう」

「飛鳥」

わずかにうつむいた飛鳥の前髪《まえがみ》を、桂史郎が子供にするようにガシガシと撫《な》でてきた。

「おまえらしくもないな。勝負しろよ。結局は味だろう？　同じレシピで作ったって、作り手が違《ちが》えば同じ味になるわけじゃない」

「そうだけどさ…」

それは言うほど簡単ではない。味を知ってもらうには、まず買ってもらわなければならないわけだし。

「そうですよ。そんなの、負けたみたいで悔《くや》しいし」

真由子が口をとがらせて、桂史郎に加勢する。

勝ち負けではないと思うが、やっぱり――このまま引き下がるのは、飛鳥にしてもシャクにさわる。

けどなあ…、と考えこんだ、その時だった。

「洋梨《ようなし》のクロスティーノ、ください」

ショーケースの前に人影《ひとかげ》が立って、男の声がかかる。

「あ、いらっしゃいま――ちょっと、あなた……！」

反応が一番早く、愛想よく応《こた》えかけた真由子の声が跳《は》ね上がった。

顔を上げた飛鳥の目の前で、見覚えのある長身の男がいつものようににこにこ笑いながら立っていた。

和人、だ。

「あなたね、どのツラ下げてきてんのよ」

さすがに驚《おどろ》いてただ口を開けて見上げた飛鳥の横で、腰《こし》に手をあてて仁王立《におうだ》ちした真由子の方が辛辣《しんらつ》に言葉を吐《は》き出した。

「すいません。生まれつきこういうツラで」

しかし和人は困ったように笑いながら頭をかいた。相変わらず緊張感《きんちょうかん》のない雰囲気だ。

そしてふと、首をかしげる。

「あれ、若先生も来てるんですか。……なんだ。やっぱり愛されてんなあ……」

その言葉に飛鳥はカッと頰《ほお》に血がのぼる。

この間みたいな怒《いか》り、というより、今はどっちかというと恥《は》ずかしいような思いがこみ上げてくる。

「そうじゃねぇだろっ」

思わず叫《さけ》んでから、そっと桂史郎を横目に見ると、桂史郎は腕《うで》を組んで淡々《たんたん》と和人を見返していた。

からかうような和人の言葉にも、ただ無言のまま。

ちょっと気持ちが落ち着くようで、飛鳥は冷ややかに言った。

「何しに来たんだよ?」

「やだなあ。ケーキ屋さんに酒飲みにくるわけないでしょ。ケーキを買いにきたんですよ」

白々しいその言葉に、ふん…、と飛鳥は鼻を鳴らした。

「ずうずうしいわねっ」

と、飛鳥を代弁するように真由子がにらむ。

「真由子さーん、ほら、お客さん、お客さん」

と、自分の鼻先を指さして、なだめるように——というか、むしろあおるように、和人がパタパタと手をふった。

「買わなくったって自分の店に腐《くさ》るほどあるだろ？　おまえんとこはずいぶん盛況《せいきょう》みたいだしな」

飛鳥の冷ややかなその言葉に、和人は小さく笑った。

「俺ね…、飛鳥さんの作るケーキが好きだっていうの、ホントですよ？　最初に食べた時、あ、って思いましたもん」

おちゃらけた様子でもなく、静かに言ったその言葉に、飛鳥はドキリとする。

さっき桂史郎に言われた言葉を思い出す。

どーします？　というように、真由子がちらりと飛鳥を見た。

「いいよ。客は客だしな」

肩をすくめた飛鳥に、しぶしぶと真由子がケーキサーバーをとった。

「洋梨のクロスティーノと、リコッタチーズのレアケーキ。それにアップルパイとシャルロット・オ・ポワール。あと、ミルフィーユとマンゴーのムース」

「……あんた、それ全部一人で食べるの？」

白い目で真由子が見上げた。

「それとも、またまねっこしようっていうのかしら？」

その皮肉に、和人は苦笑《くしょう》した。

「飛鳥さんとこいられなくなってから、食べられなくなったでしょう。ちょっと禁断症《しょう》状《じょう》が出てる感じで」

「調子がいいわね」

あきれたように言って、それでも真由子は手早く注文を箱につめた。

そういえば、和人は毎日、店で残ったケーキをほくほくと食べて帰っていた。好きなケーキが残り一つになると、客より先に自分が買ってとりおきしておくほど。

つっけんどんに出された箱を受けとりながら、和人はじっと飛鳥を見て、そして静かに微笑《ほほえ》んだ。

「兄さんが作るのよりうまいと思いますよ」

そして一瞬《いっしゅん》、その表情がどこかさびしげなものに変わる。

「昔はね…、兄さんが作ってくれたケーキが一番おいしかったんだけどな…」

つぶやくようにそう言うと、和人はじゃあ、と軽く手を上げて歩き出した。

むかいの店の方ではなく、催事場《さいじじょう》の出口の方だ。

どうやら今日はもう引き上げるらしい。

――おいしいと、和人は本当に思ってくれていたのだろうか……。飛鳥の作る菓子《かし》を。

どこか照れくさく、そしてちょっとうれしい気持ちで顔を上げると、ふいに桂史郎と目があった。

「……な？　そんなに悪いヤツじゃないだろ？」

こそっとそう言った飛鳥に、桂史郎が深々とため息をついた。

「そんなふうに思えるのはおまえくらいだよ。自分のされたことを考えればな」

余計なお世話だ、と、ベーッと飛鳥は舌を出す。

と、人混みにまぎれようとしていた和人が、ふと何かを思い出したようにふり返った。そしてちょっとちょっと、というように飛鳥を手招きする。

怪訝《けげん》に思いながらも、飛鳥はブースを出て和人に近づいた。

「なんだ？」

と、尋《たず》ねると、和人はちらっと意味深な笑《え》みを浮《う》かべてブースの方を眺《なが》めた。

つられるようにふり返ると、じっとこっちをにらむように見ていた桂史郎の視線とぶつかる。

「飛鳥さん。前に、ほら、俺、若先生の浮気《うわき》現場見たって言ったでしょ？」

耳打ちされて、飛鳥はため息混じりにうめいた。

男と茶を飲んでいただけで浮気になるんなら、日本は浮気天国である。

だいたい「浮気」というのは、どこかに「本気」がいる、という前提で成り立つのであって、フリーの桂史郎なら、もし仮にその男とできていたとしても何の問題もない。……はずである。

飛鳥としては、ちょっともやもやするけど。

「俺、その相手の人とさっき、会ったんですよー」

しかしさらりと言われて、思わず、えっ、と飛鳥は声を上げていた。

それは、桂史郎に会いに来た——、ということだろうか？　本当に桂史郎に男の恋人《こいびと》がいる、ということなんだろうか……？

「気になるでしょ？」

顔色の変わった飛鳥を見て、満足そうにくっくっと和人が喉《のど》を鳴らした。

「えっ…、いや…、別に……」

あわてて口の中でもごもご言った飛鳥に、和人はとぼけるように続けた。

「相手の人ね、飛鳥さんも知ってる人じゃないかな」

「ええっ？」

今度こそ本当に、飛鳥は声を上げていた。

「ここのデパートの企画《きかく》担当の村野さん」

「浮気ってさぁ…」

あっさりと名を上げられて、飛鳥は真剣《しんけん》に驚いた。

今度の企画ではずいぶんと世話になったし、不慣れな飛鳥をいろいろと助けてくれた。もともと今度の企画に飛鳥の店を推《お》してくれたのも、彼だという。

「村野さん、若先生のとこの患者《かんじゃ》さんみたいですね。だから飛鳥さんの店も知ってたんでしょうけど。……っていうか」

いったん言葉を切って、和人はふっと優《やさ》しい、だけどどこかさびしげな目で飛鳥を眺めた。

何かドキドキするような気持ちで、飛鳥は続く言葉を待ってしまう。

桂史郎の患者。ってことは。つまり——。

「若先生が飛鳥さんのこと、推薦《すいせん》したんじゃないですかね」

さらりと耳に入ってきた言葉に、飛鳥は思わずつめていた息を吐いた。

そしてゆっくりと後ろをふり返る。

やっぱり桂史郎は、わずかに眉《まゆ》をよせるようにしてこちらを眺めている。

「勝ち目がなかったかなぁ……」

ぽつりとつぶやくような声が聞こえ、そして和人は、今度は店に買いに行きます、と言って帰っていった。

ブースに帰った飛鳥に、桂史郎は特に何も聞かなかった。

気になっていないはずはないのに。

それでも、和人に対して「悪いヤツじゃない」と言った飛鳥の気持ちを尊重してくれている、ということだろうか。

そうするうちに閉店時間が迫《せま》ってきた。

真由子がハァ…、と大きなため息をつく。

「どうします？ これ、明日に残しておくってわけにはいかないですしね…」

ショーケースに残ったケーキたち。

容赦《ようしゃ》のない現実に、飛鳥もさすがに消沈《しょうちん》する。

だけど仕方がない。

「捨てよ」

ポツリと言った飛鳥に、後ろから桂史郎が飛鳥の頭をコン、とたたいた。

ん？ とふり返った飛鳥に、桂史郎がにやりと笑って言った。

「食べ物をそう粗末《そまつ》にするなよ」

翌日の木曜日は、初日よりはもうちょっといい感じに売れていたが、それでもやはりむかいの店とは明らかに水をあけられていた。

そして金曜日は、来客数がぐっと増えたこともあって順調に売り上げも伸《の》びて、飛鳥もホッと胸を撫《な》で下ろした。

よかったね、と真由子ともうなずきあう。

異変が起きたのは、土曜日だった。

週末ということもあって、この日の人出はそれまでで一番多かった――というのももちろんあるのだろう。

だが。

開店時間が過ぎて、ぼちぼちか…、と思い始めた瞬間、あっという間に飛鳥の店の前には長《ちょう》蛇《だ》の列ができ始めていた。

もう、なんだ、どうした――、などと思う間もない。

真由子は一人、汗《あせ》だくになって客をさばき、飛鳥は昨日、おとといと出番のなかったオーブンに火を入れて、必死にパウンドケーキとクッキーを焼き上げた。

しかしさすがに真由子が、店先から「どうにかしてくださいーっ！」と悲鳴を上げたのに、飛鳥は携帯《けいたい》をひっつかんで、店の隅《すみ》でしゃがみこんだ。

『もしもし？』

と、馴染《なじ》んだ声が、こっちのせっぱつまった状況《じょうきょう》とはかけ離《はな》れた余裕《よゆう》を持って響《ひび》いてくる。

「桂史郎っ、桂史郎っ、桂史郎っっっ！」

しかしそれにかまわず、相手が出た瞬間、携帯に向かって飛鳥はわめいていた。

「今すぐこいっっ！」

『飛鳥？』

「ただちに来いっ！　一分で来いっっ！　来なかったら絶交だからなっっ！」

『おい、飛鳥――』

自分でも無茶を言っているのはわかっていたが、飛鳥は返事も待たずにブチッ、と携帯の電源を切る。

「飛鳥さ――んっっ！」

真由子の甲高《かんだか》い声に応《こた》えて飛鳥はあわててオーブンからパウンド型をとり出すと、手早くラム酒をふりかけ、湯気を立てているケーキを一切れずつに切り分けていく。

「焼きたてでーす！　食べていってくださいねーっ」

トレイを表に出し、大声で叫《さけ》んだ瞬間、一気に注文が殺到《さっとう》して真由子がさらなる悲鳴を上げた。

「順番にお願いします――っ！――はい、一切れ百二十円ですっっ！」

最後の方はほとんど怒鳴《どな》り返している。

限られたピースに群がる女性客の形相《ぎょうそう》に、飛鳥は逃《に》げるようにくるりと背を向けた。

――と。

「桂史郎っ？」

目の前に立っていた男に、飛鳥はギョッとした。

どうやら今日は前がいっぱいだったため、ブースの後ろのスタッフ用の出入り口から入ってきたらしい。

「小学生じゃあるまいし、絶交とはなんだ」

ため息をついた桂史郎を、飛鳥はただ目を丸くして眺《なが》めた。

確かに、今すぐ来い、とは言った。一分で来い――、と。

しかし本当に一分…、とは言わないが、電話から五分もたってはいないだろう。

「おまえ……どうして……？」

呆然《ぼうぜん》と尋《たず》ねた飛鳥に、桂史郎はにやりと笑った。

「ヒーローはピンチになると現れるものだからな」

「ぬかせっ」

桂史郎のいつもの軽口に飛鳥はようやく我に返って、ほとんど反射的に言い返していた。

それでも自分でもわからないまま、口元が緩《ゆる》んでいるようだった。

――いてくれたんだ……。

とわかる。

ずっと近くで見ていてくれたんだろうか。

ひょっとして、昨日もおとといも。初日からずっと。

昨日も今日も診療日《しんりょうび》のはずなのに。

わざわざ休んでつきあってくれたんだろうか。飛鳥のために。

「ほらっ、ぼさっとしてないで手伝えよっ！」

胸につかえるような思いを吐《は》き出す勢いで、飛鳥は予備のエプロンを放《ほう》り投げながら命令した。

しょうがないな…、という顔で、桂史郎はスーツの上着を脱《ぬ》ぐと、エプロンをかける。

「なかなかカワイイぞ」

からかうようにそう言ってやると、桂史郎はちょっと嫌《いや》そうな顔をして、それでも真由子のヘルプに入った。

結局この日は、持ちこんだ材料分すべて作っても午後の三時過ぎには完売になってしまい、そうそうに店を閉じることになった。

本日は売り切れました――、というショーケースに張られた張り紙が、ちょっと勲章《くんしょう》のようでうれしい。

あーん、と残念そうな顔をして帰っていくお客さんには申し訳なかったけど。

他《ほか》の店はまだケーキは残っているようで――持ちこんだもともとの数が違《ちが》うにしても――、

「いったいどうしたんだ……？」

と、さすがに飛鳥は首をひねった。

「どうしたんでしょうねえ……？」

疲《つか》れ果てた様子でぐったりとイスにすわりこんだ真由子も、首をかしげる。

「今日から入れたゼリーと巾着《きんちゃく》も確かに人気はありましたけど…、でもそれだけじゃないですよねえ……」

飛鳥はケーキを入れ替《か》えるのではなく、新しいのを二つ、今日から追加していた。

鮮《あざ》やかなアセロラやグレープフルーツ、オレンジ、ヨーグルトにリンゴなどのジュースやカクテルをゼリーにして、ちょっと長めのフルートグラスに重ねて入れたレインボー・ゼリー。

それに、パパイヤとマンゴーのムースに小さく切ったフルーツをクレープ生地《きじ》で巾着状に包んだ、オモニエール・ド・ムース・パッション。

見た目も華《はな》やかなゼリーと、可愛《かわい》いクレープはかなり人気はあった。

しかし、開場と同時のこのにぎわいは、それだけでもないだろう。

その謎《なぞ》は、どうやら初日にあったらしい。

あの日売れ残ったケーキを、桂史郎は全部まとめてトレイにのせて、どこかへ持って行った。

どうやら知り合いだという人間にまわして、デパートで働く女性たちにタダで配ったようだ。

だがそれがデパート内のOLの間であっという間に評判になり、口コミで客へ伝わり。デパートの店員さんたちも、それぞれのお客さんに飛鳥の店を推薦《すいせん》してくれたらしい。今のご時世、ネットだの携帯メールだので情報伝達は早い。特に女の子の間では。

そして、今日のにぎわいになったようだった。

桂史郎は何も言わなかったけど、店を閉めたあとで買いにきたデパートの店員がそう話してくれた。

この間食べておいしかったから友達の分も買いにきた、というその女の子は、明日のリベンジを誓《ちか》いながら帰っていった。

オーブンをふき、流しを洗って店じまいを始めると、桂史郎は一足先に店を出た。

せっかくだからデパ地下で夕ご飯の材料を買って、先に帰っている——、と。

飛鳥も、真由子と「明日もがんばろう！」と決意表明をしてから、ようやく片づけ始めた他の店を尻目《しりめ》に、いち早く催事場《さいじじょう》をあとにした。

明日の日曜日はもう少し早く起きて、そしてもっとたくさん作っていこう——、と思う。

電車から降りて、鼻歌の出そうな陽気な気分でマンションへ向かって歩いていると、途中《とちゅう》、顔見知りの男とすれ違った。

「あれ、飛鳥くん」

むこうが先に気づいて声をかけてくる。

「あ…、裕一朗さん」

茜のダンナ、桂史郎の兄貴だ。

飛鳥の昔の実家だからとても近所に住んでいるはずなのだが、時間帯が違うのかあまり顔を合わせる機会がない。

どうやら買い物帰りのようで、やはり茜にこき使われているのか。早くも尻に敷《し》かれているのがなんとも情けない……というよりは、飛鳥の立場では申し訳ない。

「あっと…、お義兄《にい》さん、って呼ばなきゃいけないね」

笑いながら言われて、飛鳥はあわてて手をふった。

「やめてくださいよ、もー」

ずっと年上の、今まで先輩《せんぱい》として見てきた男にそう言われると、とても困る。

「店、しばらくお休みしてるんだね」

「すみません。今ちょっと、デパートの方の企画《きかく》でむこうに出店してて。こっちを開ける手がなくって」

常連さんには申し訳ない、と思う。

飛鳥はケーキの他に、クロワッサンとかバターロールとか、シンプルなパンも焼いていたので、それを毎日買いにきてくれるマンションの人もいるのだが。

「ああ…、そうか。もう始まってるんだね。僕も一度よろうと思ってたんだけど」

「あ…、すみません」

知っていたのか、と思いながら、飛鳥は恐縮《きょうしゅく》して頭を下げる。

「桂史郎があっちこっち宣伝してたからねえ…」

くすくすと笑われて、なぜか飛鳥は恥《は》ずかしくなる。

「患者《かんじゃ》さんにもかなりプッシュしてたし。歯医者がケーキを勧《すす》めるのもなんだけどね」

やっぱり、飛鳥の知らないところでいろいろと動いてくれていたらしい。

「桂史郎に世話になっちゃって」

不思議なことに、本人でなければするりとこんな言葉も出る。

「いやあ、部屋のことは茜が君を追い出した結果だし…。悪かったね」

「あ…、いえ、かえってよかったくらいですよ。ほら、仕事場、近くなったし」

あやまられて、あせって飛鳥は言った。

「それに、一緒《いっしょ》に住んでると、桂史郎にもいろいろ手伝ってもらえるし。あいつ、昔から手先が器用だから、菓子《かし》作りも結構うまいんですよ」

これも本人には絶対に言わないが、びっくりするほど飲みこみもよく、指示通りにきれいに仕上げてくれる。

ははは…、と裕一朗が笑った。

「まあ確かに、あいつは昔から何でもよくできるヤツだったからな……」

思い出すように、何か懐《なつ》かしむように言った裕一朗に、ふっと、飛鳥は尋《たず》ねてみる。

「結構大変だったんじゃないですか？　ああいうデキのいい弟がいると」

裕一朗とはどこか通じるところがあるような気がした。

同い年の友人で、一方ができすぎるのもつらいが、兄弟で、しかも弟の方が、となると、これもかなりキツイんじゃないだろうか。

いつもゆったりと笑っている裕一朗だったから、あまりそういうプレッシャーを受けているようには感じなかったが…、それでも内心は違っていたんじゃないだろうか、と思う。

「そうだな…。確かに、それは結構言われてきたことだけどね」

うーん…、と小さくうなって、裕一朗は顎《あご》を撫《な》でた。

そして静かに微笑《ほほえ》んで飛鳥を見た。

「でも桂史郎はね、昔からすごい努力をしてたよ。いろんなことに。勉強とか、剣道《けんどう》とかも……天才みたいに言われてたけど、ホントはガリ勉タイプなんだよ、あいつ」

え…、とちょっと虚《きょ》をつかれた思いで、飛鳥はふっと裕一朗を見上げた。

「だから、すごいな、と感心することはあっても、妬《ねた》ましいと思ったことはないかな。全部、あいつの努力の結果だしね」

そしてどこかいたずらっぽく微笑む。

「ある意味、飛鳥くんのおかげなんじゃないかと思うよ。桂史郎は君の前でいいところを見せたかったんじゃないかな。君には負けたくないって思いもあったみたいだしね」

あっ、と飛鳥は小さく息を飲んだ。

言葉を失った飛鳥に、じゃあ、と裕一朗が軽く手を上げる。

「期間中によらしてもらうよ」

と、言って、家の方へ帰っていく。

夕焼けの中にその背中を見送りながら、飛鳥は小さい頃《ころ》、桂史郎と一緒に見た夕日を思い出していた。

本当に小さい頃から、見事なくらい意地を張り合ってた。

公園のブランコの揺《ゆ》れの大きさから、縄跳《なわと》びの回数。逆上がりや、跳び箱。

読書記録や、観察日記や、ラジオ体操も。

学校の出席日数でもそうだった。ずっと皆勤《かいきん》を続けていた飛鳥だったが、ある時インフルエンザで倒《たお》れてしまって、悔《くや》し涙《なみだ》を流したこともあった。

だけどその後、あとを追うように桂史郎も学校を休んでいた。

あれは……わざと、だったんだろうか？

負けたくなかった。

だけど、一人で先に行ってしまうのも嫌《いや》だった。

ずっとずっと、二人で一生懸命《いっしょうけんめい》に保ってきた均衡《きんこう》だった。

それをあの日、桂史郎が壊《こわ》したのだ――。


翌日の日曜は、土曜に輪をかけた殺人的ないそがしさだった。

まだ外も暗いうちから起き出した飛鳥は、その日のケーキを焼き始めた。

一時間ほどした頃、桂史郎が朝ご飯代わりのおにぎりとみそ汁《しる》を差し入れに持って、厨房《ちゅうぼう》に下りてきた。

飛鳥は問答無用で手伝わせたが、桂史郎も予想はしていたのだろう。文句を言いながらも、飾《かざ》りつけや型抜《ぬ》きを手伝ってくれる。

キルシュ酒のきいたシックな色合いのサンマルク、キャラメル状にしたリンゴをふわふわのクリームではさんだリンゴのタルト・シブースト。オレンジではなく、みかんを使ったムース・マンダリンにキウィやオレンジ、レモンをスライスして乾燥《かんそう》させたフルーツチップをのせて華《はな》やかに飾っていく。伝統的なモンブランに、グラスに入った鮮《あざ》やかに赤いフルーツトマトのゼリー、いちじくのキッシュ。サクサクのミルフィーユ。三種類のチーズケーキ。

何種類も並行《へいこう》して手際《てぎわ》よく仕上げていきながら、最後に、新鮮《しんせん》さが必要なフレジェ――イチゴのケーキを作る。

日曜のこの日は診療《しんりょう》も休みなので、桂史郎には朝からスタッフとして店に入らせた。

ショーケースの前の列はさらにふくれあがり、飛鳥はすわる間もなくパウンドケーキを焼き続けていた。もちろん、真由子や桂史郎もすわるヒマはなかっただろうが。

この日は相当な数をあらかじめ搬入《はんにゅう》していたが、それでも夕方過ぎにはあらかた売り尽《つ》くしていた。

持ってきた材料もすべて使い果たし、飛鳥も接客に出ていると、ちらほらと店の常連の顔も見かけた。

わざわざきてくれたのか…、と思うと、ほろっと胸が温かくなる。

「あれ、みなちゃん。いらっしゃい～」

小さな常連さんとそのお母さんを見つけて、飛鳥はにこにこと声をかける。

こんにちは、と微笑む母親の横で、みなちゃんが桂史郎を指さして、あーっ、と甲高《かんだか》い声を上げた。

「ママー、歯医者さんがケーキ売ってるよー？　いいのー？　虫歯になっちゃうよ～」

くすくすとまわりの客がいっせいに笑い出し、桂史郎もいくぶん体裁《ていさい》の悪い顔をする。

「おまえに売り子をさせるのって、やっぱり営業的にはマイナスなのかなー」

客が引けて片づけを始めてから、飛鳥はからかうように桂史郎に言った。

「世の中の通説を俺のせいみたいに言うな」

憮然《ぶぜん》と桂史郎がうめく。

「だいたい俺は別に甘いものを食べるなと指導したことはないぞ？　食べたらきちんと歯を磨《みが》け、と言っているだけだ」

それでもやっぱり、甘いものは虫歯になる、というイメージがあるのだろうか。

「歯医者さんも大好きなケーキ、とかいうフレーズなら売れるのか？」

うーん、と考えこんで、飛鳥は肩《かた》をすくめた。

「でもおまえ、俺のケーキは食わないもんな」

ちょっと拗《す》ねたように言ってやると、桂史郎はふい、とトレイを片づけるふりをして飛鳥に背を向ける。

「ケーキ自体はそうは食わないけどな」

ちょっと言葉を切って、それからさらりとつけ加えた。

「おまえのケーキなら、ほとんど毎日食ってるだろ」

え？　と飛鳥は首をひねった。

「うちの歯科衛生士の人数を、おまえ、知ってるか？」

背中越《ご》しに聞かれて、飛鳥はえーと…、と思い出してみる。

桂史郎のところにいる女の子は確か五人だ。

——あれ？

とようやく気づく。

昼に桂史郎が買って帰るデザートはいつも六個だった。

「ふーん…」

と、口ではどーってことないようにつぶやいて、しかし飛鳥は内心で頬《ほお》が緩《ゆる》むのを感じていた。

毎日、食べていたんだろうか。桂史郎は。

飛鳥の作ったケーキを。

最終日の月曜は、さすがに歯科医院の仕事もあって桂史郎を使うわけにはいかなかったが、代わりに田舎《いなか》に引っこんでいた両親が手伝いに来てくれた。

「なんでもっと早くに知らせないんだ」

と開口一番に叱《しか》られたが、そういえば、初めから知らせて手伝ってもらえばよかったのだ、と今さらながら思いつく。

どうやら、裕一朗さんが茜とその話をして、茜が実家に電話をかけたついでにしゃべったらしい。

平日だけあって週末ほどの混雑ではなかったが、それでもかなりの客が並び、その中にはリピーターの姿も目立っていて、飛鳥としては満足のいく六日間になった。

結局、『フェルヴィドール』を始め他《ほか》の店がどうだったか、ということまで気にする余裕《よゆう》もなくなっていた。

本当は最終日にすべて撤収《てっしゅう》したあと、真由子たちとも打ち上げなどしたかったが、しかし二人とも連日のハードな仕事状《じょうきょう》況でとてもそんな気力はなく、お礼はまたあらためて、ということで、真由子とも駅で別れる。

上京してきた両親は住み慣れた家――茜の新婚《しんこん》家庭に泊《と》まることになっていて、飛鳥も夕食くらいこっちで食べていけ、と言われたが、さすがに疲《つか》れたから…、と断って、一人、マンションへと帰った。

よれよれとしながらチャイムを鳴らすと、おかえり、と桂史郎が出迎《でむか》えてくれる。

なんだかそれがうれしくて。

「六日間、お疲れだったな」

がしがしと頭を撫《な》でて、そうねぎらってくれる。

こんな子供みたいにされるのは、いつもなら反発するところだったけど、今日は妙《みよう》に素直《すなお》に受け入れることができた。

そして夕食は飛鳥の好きなエビで——、どうやら匂《にお》いからすると天ぷらのようだった。

とりあえず風呂《ふろ》に入って、疲れをとって。

ほかほかと湯気を立てながら、飛鳥はくずれるように食卓《しょくたく》についた。

実際のところ、昼を食べる余裕もなくて今日は昼飯抜きだったのだ。ほとんど飢《う》え死《じ》にしかけているといっていい。

今日のメニューは和食で、天ぷらとあら煮《に》。そして里芋《さといも》のベーコン巻と、シメジにエノキ、椎茸《しいたけ》に青菜を入れた椎茸づくしのすまし汁《じる》だった。

猛烈《もうれつ》な勢いでそれを食べつくし、満腹してやっと人心地《ひとごこち》ついた飛鳥は、桂史郎があと片づけをしている間、ソファに転がって腹ごなしをしていた。

片づけを終えた桂史郎がコーヒーを淹《い》れてくれる。

「おー…、さんきゅ～」

ずりずりと這《は》うようにして飛鳥は手を伸《の》ばし、マグカップをとる。

「で、どうだったんだ？　最終日は？」

やはり気になるのか、桂史郎が尋《たず》ねてくる。

「売り切れたよ。あっ、それに雑誌の取材がきたんだ。新作のをいくつか紹介《しょうかい》してくれるみたいだな」

へへへ…、と飛鳥は笑ってみせる。

やっぱり認められたみたいで、ちょっとうれしい。

そうか…、と桂史郎もうなずいて、静かに微笑《ほほえ》んだ。

温かい時間だった。

ぬくぬくと居心地がよくて。

だけど。

ずっと知らないふりをしていくわけにはいかなかった。そろそろケリをつけないといけない
——。

飛鳥にもそれはわかっていた。

——と。

「いて…っ」

ふいにチクッと鋭《するど》い痛みが走って、飛鳥は思わず口元を抑《おさ》えた。

「どうした？　虫歯か？」

桂史郎がわずかに眉《まゆ》を上げる。

「ちげーよっ！」

うごうごと口の中に指をつっこみながら、飛鳥がうめく。

あら煮のだろうか。どうやら魚の骨が歯の間に引っかかっていたらしい。それが喉《のど》にあたってチクチクと痛い。

のけようとするが、うまく指に引っかからなかった。

「ほら…、見せてみろ」

カップをテーブルにもどした桂史郎が、飛鳥の前に身をかがめた。

顎《あご》をとられ、口を開かされる。

目の前に大きく桂史郎の顔が迫《せま》ってきて、飛鳥はあわてて目を閉じた。

多分…、桂史郎は他人の口の中をのぞきこむようなことには慣れているんだろうけど。

桂史郎の指が飛鳥の口の中に入りこんでくる。

軽く中がなぞられるのに、ぞくっと肌《はだ》が震《ふる》える。

ひやりとした指の感触《かんしょく》。

そして桂史郎の指は器用に動いて、するりと骨をとってくれた。

ようやく口を閉じて、飛鳥はホッと息をつく。

「おまえ、歯はきれいだな」

ティッシュで指先をぬぐいながら、桂史郎が言った。

その仕草になぜかドキリとした。

「ったりまえだ。おまえに診《み》てもらいたくねーからな」

それでも飛鳥は、それをふり払《はら》うように強気にそう言い返す。

「そうか」

ぽつりと言って、どこかさびしそうに桂史郎が笑った。

その表情に飛鳥はとたんに落ち着かなくなる。

そう…、とりあえず、礼を言うべきだろうか、と思った。

今回のことではずいぶんと世話になったから。

……いやしかし、よくよく考えてみればあの日にされたことでやっぱり先払いしているような気もするが。

また、このまま行くんだろうか……。

ふっとそんな考えが浮《う》かんでくる。それは黒い染《し》みのように、どんどんと頭の中に広がってくる。

なんでもなかったふりをして。おたがいに知らないふりをして。

「飛鳥」

と、ふいに名前を呼ばれて、飛鳥はハッとした。

「な…なんだよ？」

わずかに上目づかいに見上げる中で、桂史郎がむかいのソファではなく、テーブルにそのまま腰《こし》を下ろした。

「おまえとは長いつきあいだよな」

静かに言われたそんな言葉に、飛鳥は思わず黙《だま》りこんだ。

「計算するまでもないよな。生まれた時から……二十八年だ」

「間五年……、それと大学の四年はほとんど顔、見てなかったけどな」

どこか押し殺した声で飛鳥は答えた。

ふっと顔を上げた桂史郎が、前髪《まえがみ》をかき上げて大きなため息をついた。そして唇《くちびる》の端《はし》にどこか自嘲《じちょう》気味の笑《え》みを浮かべる。

「おまえ…、あの時、逃《に》げたのか？　俺の顔を見るのも嫌《いや》になったか？」

「逃げたのはおまえの方だろっっ！」

その言葉に、飛鳥は思わず拳《こぶし》を固めて叫《さけ》んでいた。

大学時代。ろくに帰省してきもしないで。帰ってきたって、飛鳥とは顔を合わせようともしなかった。

「大学を卒業して帰ってきたら、おまえが外国へ行ったって聞いて……、すごいショックだったよ」

ぽつりとつぶやくように桂史郎が言った。

「とうとう飛んでったのか…、って思った」

飛鳥はわずかに首をかしげる。

桂史郎がどこかまぶしそうに飛鳥を見つめて、目を細めた。

「ずっとおまえに憧《あこが》れてたところはあったな。おまえはいつでも名前の通り自由に飛びまわって。ぶつかりながらでも自分の思う通り、まっすぐに生きてて」

「俺もおまえも、オヤジの跡《あと》を継《つ》いでることは一緒《いっしょ》だろ？」

結局、何も変わらないと思う。

「どうかな…。俺はこの仕事しか考えたこともなかったしな。兄貴が歯医者にならなかったのが不思議だったよ」

しかし飛鳥にしてみれば、まっすぐに目標に向かってこられた桂史郎の方がずっと賢《かしこ》いように思える。

自分などはあっちこっち曲がりくねって遠まわりしたあげくに、もとのところにもどってきたような感じだったから。

「おまえ、覚えてるか？」

ふいに桂史郎が尋ねてくる。

「昔、おまえが言ったこと。俺が歯医者になればいつでも虫歯を治してくれるから、おまえは好きなだけケーキが食える、って」

「あ…」

そういえば、ぼんやりと覚えている。
多分…、まだ飛鳥と桂史郎が一番仲がよかった頃《ころ》。ライバル心なんかが芽生える前で。
そして、飛鳥もまだ家で作るケーキが好きだった頃――。
……だから。
桂史郎は歯医者になったんだろうか？　そんな小さい頃の言葉を覚えていて？
言った本人は今まで思い出しもしなかったのに。
ごくり、と飛鳥は唾《つば》を飲みこんだ。
聞かないといけないことがいっぱいある。
高三のあの時から、十年分。
だけど、まずは小さなことから片づけていく。
飛鳥はゆっくりと口を開いた。
「おまえ…、真由子とつきあってんの？」
「いや」
と、あっさり桂史郎は答えた。
……思わせぶりにしやがったくせに。
内心でぶつぶつ言いながら、飛鳥は男をにらむ。
「真由子にはしばらく前に相談されたんだよ。あの男の様子がなんか気になるって」

和人のことだろう。だが。

「なんでおまえなんだよ。そんなの、俺に最初に言うべきことだろ…」

俺が店長なんだし、と、ちょっとムッとしてうめいた飛鳥に、桂史郎はあっさりと言った。

「おまえに言ったたって問題の解決にならないからだろ。おまえはあいつのことは信用していたしな」

確かにそうかもしれないが……、でもやっぱり釈然《しゃくぜん》としない。

と、ため息をつくようにして、桂史郎が小さく笑った。

「おまえに心配をかけたくなかったんだろう。もし間違《まちが》いなら、おまえとあいつの間に妙《みょう》な溝《みぞ》を作ることにもなっただろうしな」

そう言われると、飛鳥も、うん…、とうなずくしかない。

みんな、自分のことを心配してくれていたのだ。

――それから。

飛鳥はわずかに息をつめて、顔を上げた。

「この間……、おまえ、言ったよな。間違えたりしない…、って」

唇がかすかに震えていた。

それを抑《おさ》えるように、ぐっと腹に力を入れて、低く飛鳥は尋《たず》ねた。

「あれ、どういう意味だよ?」

　ふっと、空気が止まったようだった。

　まっすぐに桂史郎が飛鳥を見つめてくる。

　息がつまるような沈黙《ちんもく》だった。

　おたがいに目をそらさずに、ただじっと――にらみ合う。

「……言えよ」

　やがて、じわりとにじみ出すように飛鳥が言った。

「そのままの意味だ」

　しかし桂史郎は、淡々《たんたん》とそう言っただけだった。

　ギリッと、飛鳥は歯を食いしばる。

　そして次の瞬間《しゅんかん》、ソファから立ち上がると、桂史郎の頭の上に吐《は》き出すように腹の底からわめいていた。

「いいかげんはっきり言ったらどうなんだよっ、卑怯者《ひきょうもの》っ！　いつもいつもヤリ逃げなのかよっっ！」

「俺のせいばっかりにする気か？」

　しかしその飛鳥の剣幕《けんまく》にも桂史郎は動じなかった。わずかに険しい表情で眉《まゆ》を上げる。

「おまえだって…、ずっとわかってたんだろうが。知らないふりをして俺をさんざんもてあそびやがって」

「知るかよ、そんなことっ！」

そう叫びながらも——わかっていた。

ずっとわかっていた。おたがいに。

だけど、自分から言うことなんてできなかった。

……それは相手に対して負けを認めるみたいで。

自分から好きだと言うことは、なんだか負けたみたいで悔《くや》しかった。

自分の方が、ずっとたくさん桂史郎のことを好きみたいで。桂史郎の方が、もっとずっと自分を好きなはずなのに。そうでなくちゃいけないのに。

だからずっと、意地を張り通してきたのだ————。

飛鳥はじっと桂史郎をにらみつけた。

穴が空くほどにらみつけて……そしていきなり、着ていたパジャマを脱《ぬ》ぎ捨てた。

上半身を裸《はだか》になり、そしてそのままの勢いで下も脱ぎ捨てる。下着まで全部。

「飛鳥…っ？」

さすがに桂史郎があせったような声を上げた。

全裸《ぜんら》になって、飛鳥はキッと桂史郎にきつい目を向ける。

そして、その言葉を唇に乗せた。

二人の間で、禁句のように、決して出ることのなかった言葉。

「言えよ。……俺が、好きだって」

桂史郎がわずかに息を飲んだ。

「飛鳥……」

つぶやくように、声がかすれていた。

「俺からは言わない」

飛鳥はきっぱりと言った。

「絶対、絶対、絶対、何があっても絶対言わない。世界の終わりが来ても言わない。だからおまえが言え」

「……意地っ張りめ」

「おたがいさまだろ」

桂史郎がうめく。

飛鳥はふん、と言い返した。

「抱《だ》きたいくせに…。二回も……襲《おそ》いやがったくせに」

低く、追いつめるように飛鳥は桂史郎をなじる。

「何が、間違えた、だっ、クソボケっっ！　あん時、俺がどんな気持ちだったかわかるかよっっ!?」

もう自分で何を言っているのかもわからないまま、飛鳥はわめき散らしていた。

「最初に我慢《がまん》できなくなったのはおまえの方なんだからなっ！　だからおまえから言えよっっ！」

桂史郎が、飛鳥を静かに見つめ返す。

乾《かわ》いた唇《くちびる》をなめ、大きく息を吐き出す。

観念したように一度、目を閉じる。

「飛鳥……」

固い、声。どこか震《ふる》えるような。

「言えよっっ！」

たたきつけるように飛鳥は叫《さけ》んだ。

それに押されるように、桂史郎の唇がそっと動く。

乾いた声が、鼓膜《こまく》を震わせた。

「おまえが……好きだ」

じっと飛鳥を見つめて。

その瞬間、飛鳥は大きく息を吸いこんだ。

「初めから……初めからちゃんとそう言やいいだろっ！　なんだよぉ…っっ！」

そう叫んだ瞬間、ぼろっ、と涙《なみだ》がこぼれ落ちていた。

「さっさと……初めから……っ」

そう認めてくれればよかったのだ。

語尾《ごび》がぐしゃぐしゃになってまともな言葉にならない。

「飛鳥」

桂史郎がどこかおそるおそる腕《うで》を伸《の》ばしてくる。

そして飛鳥の腕に触《ふ》れた瞬間、そのまま自分の体重を乗せて、飛鳥の身体《からだ》をソファへと組み敷《し》いた。

「飛鳥……飛鳥」

熱っぽい声でささやき、手のひらが飛鳥の濡《ぬ》れた頬《ほお》を撫《な》でる。

「おまえも……言え……」

吐息《といき》だけの言葉が耳に落ちてくる。

「いやだ」

しかし飛鳥はうめくように答えた。

「ぜってー言わねぇからな……」

そう言いながらも、指先は桂史郎の肩《かた》につかみかかるようにして引きよせる。

「俺だけに言わせる気か？」

桂史郎が自分のシャツを脱ぎながら低くうなる。

「あたりめぇだろ…。そんくらい、我慢しろ…っ」

飛鳥はあらわになった桂史郎の胸に爪《つめ》を立てる。

「あと十年は言ってやらねぇ…」

高三のあの時から、飛鳥がその言葉をもらうまで十年もかかったのだ。

そうたやすくは返してやらない。

「俺はそんなに気が長くないんだが」

うめくように桂史郎が言った。

「ま、そうだな。もしおまえが、お願いします、言ってください、って土下座して頼《たの》むんなら言ってやらないこともない」

偉《えら》そうに続けた飛鳥を、桂史郎がちろり、と横目ににらむ。

そして、ふーん…、と小さくつぶやいた。

「それは残念だな」

そう言うと、ふいににやり、と笑う。

どこか不吉《ふきつ》な予感が飛鳥の胸をよぎった。

「だったら……実力行使しかないな」

その言葉と同時に桂史郎が飛鳥の身体をソファへ押さえこみ、片手で顎《あご》をつかむと、深く唇を重ねてくる。

「ん…っ」

飛鳥は桂史郎の肩に無意識に手をまわし、もう片方はうなじのあたりにまわして、桂史郎の髪《かみ》の毛に指をからめた。

熱い舌先が飛鳥の口の中をかきまわし、とろかしていく。何度も何度も、角度を変えてから め合い、むさぼり合う。

そして桂史郎の唇がかみつくように飛鳥の喉元《のどもと》へ、そして胸へと落ちていった。

「あっ…、は……ん…っ」

きつく吸い上げられ、噛《か》み痕《あと》を残される。チリッと焼けるような一瞬《いっしゅん》の痛みが、肌《はだ》に沁《し》みこんでくる。

無意識に押しのけようとした腕が捕《つか》まえられ、頭上に張りつけられたまま、無防備に大きくさらされた胸が男の餌食《えじき》になる。

「ん…っ、あ…あぁ……っ！」

もう片方の指で乳首《ちくび》がもまれた瞬間、ピクッと飛鳥は胸を反らした。

やわらかな指の腹でなぶられるたび、その下で自分のそれが硬《かた》く芯《しん》を立てていくのがわかる。

きつくつまれ、押しつぶされながら、もう片方が唇に含《ふく》まれた。

「あぁ……っ」

ざらり…、となめ上げられた瞬間、あられもない声が飛び出してしまう。

舌先で円を描《えが》くようにたどられ、軽く吸い上げられる。

「ひ…、あぁぁぁぁぁ……っ！」

たっぷりと唾液《だえき》をからめられた乳首が今度は指につまみ上げられて、ズキン…、と鋭《するど》い刺激《しげき》が下肢《かし》へ走り抜《ぬ》けた。

飛鳥はギュッと目を閉じたまま、必死に身をよじる。

身体がおかしかった。

桂史郎の腕の中で、自分の身体が自分のものでないように勝手に暴走を始めている。どんどんと熱が身体の中でふくれあがり、出口を求めて暴れまわる。

桂史郎の指先が丹念《たんねん》に飛鳥の胸をなぶってから、ゆっくりと確かめるように下へとすべり落ちてきた。大きく上下する脇腹《わきばら》から足の付け根をたどり、確かめるようにゆっくりと内腿《うちもも》を撫でていく。

反射的に閉じようとした足が、容赦《ようしゃ》なく押し開かれる。

「やぁ…っ」

思わず声を上げて、飛鳥は顔をそむけた。

桂史郎の目の前に自分の中心があらわにされているのがわかる。じっとそれに視線があたる気配にたまらなくなる。

「も…、見るなよ…ぉ…っ」

泣きそうになりながら、飛鳥はうめいた。

しかしそれへの返事は、ぐいっと片足を持ち上げられ、さらに大きく開かれることだった。

「どうした？　まだ触《さわ》ってもないぞ？」

意地悪く、桂史郎が耳元でささやく。

「あっ…、あぁぁぁ…………っ！」

そしてするり、と軽く撫で上げられて、飛鳥は悲鳴のような声を上げていた。

ザッ、と全身に鳥肌《とりはだ》が立っていくような感覚だった。

もどかしくて、じれったくて。

もっときつくこすってほしくて、飛鳥は無意識に腰《こし》を揺《ゆ》らす。

桂史郎がからかうように表面を指先で撫で、そしてその中心がいきなり口に含まれた。

「な…っ……や…っ、桂史郎……っ！」

熱い舌が飛鳥のモノにからみつき、深くくわえこんでいく。

「ああ…っ、あぁぁ……っ！」

口全体でこすり上げられ、先端《せんたん》を甘嚙《あまが》みされて、飛鳥はたまらずビクビクと腰をふっていた。

先端から根本まで、何度も舌を這《は》わされ、くびれを丹念になめ上げられる。

その感触《かんしょく》に、甘く疼《うず》くような快感がにじみ出してくる。

淫《みだ》らに濡れた音が耳についた。桂史郎の口の中で、自分の中心がはち切れそうに大きくなっていくのがはっきりとわかる。

唾液が滴《したた》るほどになめ上げられて、ようやく離《はな》された時には、飛鳥はもうほとんど息も絶え絶えだった。

「飛鳥…、降参するなら今のうちだぞ？」

低く笑うように桂史郎が耳元でささやいてくる。優《やさ》しく、髪をかき上げながら。

「だ…れが……っ」

しかしほとんど反射的に、飛鳥は言い返した。

桂史郎がくすくすと笑う。

「おまえはそういうとこが可愛《かわい》すぎるんだけどな…」

独り言のようにそうつぶやくと、桂史郎がその大きくて器用な手の中に飛鳥の中心をすっぽりと収めた。

「あぁ……」

指先を巧《たく》みに動かし、強弱をつけてしごきながら、桂史郎はさらに唇《くちびる》を飛鳥の下肢に埋《うず》めてくる。

根本の二つの球をたっぷりとなめ上げてから、さらに奥の道筋を舌先でたどり始める。

その予感になんとか足を閉じようとした飛鳥だったが、桂史郎の腕は逆に飛鳥の腰を浮《う》かすようにしてさらに大きく広げた。

いったん前から手を離した桂史郎の指先が、飛鳥の一番奥を探《さぐ》ってくる。

「や…だ…っ、やめ……っ」

あわてて身体《からだ》をよじった飛鳥だったが、両足を抱《かか》えこまれるように広げられて逃《に》げることもできない。

容赦なく隠《かく》された部分が指先でさらけ出され、ちろり、とその入り口が舌先でなぞられる。

「あぁ……っ」

自分のされていることに、カーッ、と頭のてっぺんまで熱がのぼってくる。

その声を楽しむように、さらにちろちろとなめ上げられ、そしてだんだんと深く、舌先が入りこんでくる。

「バカ…っ、やめろ……よ……っ」

ほとんど泣きそうになりながら飛鳥は訴《うった》えたが、桂史郎は聞く耳を持たなかった。

舌先の愛撫《あいぶ》に、飛鳥のそこはあっという間に陥落《かんらく》する。

襞《ひだ》がヒクヒクとうごめいて桂史郎の舌をからめとり、さらに奥へと導いていく。

たっぷりと濡《ぬ》らしてから、桂史郎は人差し指をその部分へ押しあてた。

ハッ、と飛鳥は小さく息を飲む。

次の瞬間、ずるり、と一本入ってきて、思わず身を縮めた。

「あぁぁ…っ」

そして深く入ってきた指先が抜き差しされ、大きくかきまわされていく。

身体だけでなく、頭の芯まで。

その指先だけの愛撫に、何も考えられなくなる。

飛鳥は夢中でその指を締《し》めつけ、腰をまわした。

桂史郎の指が探るように飛鳥の中を動きまわり、時折強く押し上げてくる。

「あっ…あっ、……いっ……そこ……っ！」

と、その一点を突《つ》かれた瞬間、飛鳥は魚のように身体を跳《は》ね上げた。

「ここか？　ここがイイのか？」

耳元でいやらしく尋《たず》ねながら、桂史郎はさらにその部分を指で刺激した。

「ひっ…あ…っ、あぁっ、あぁぁっ、あぁぁぁ……っ！」

頭の中は真っ白になって、飛鳥はただ苦しいくらいの快感に押し流されるだけだった。

「そんなにイイのか…、飛鳥？　前、こぼしてるぞ」

からかうように言われて、しかし今の飛鳥にはそれさえもわからない。

くすくすと笑いながら、桂史郎は再び手の中に飛鳥の中を握《にぎ》りこんだ。後ろとあわせてこすり上げられる。

「あぁぁっ…ん……っ、ああっ……あっ……」

渦《うず》を巻くような快感が全身をおかしている。

すでに自分の身体は自分のものではなく、飛鳥は知らず腰をふり乱していた。

後ろを犯《おか》す指が二本に増え、前からにじませたものが舌先になめとられる。

何度も何度も、際《きわ》まで追いつめられては最後まで行き着かせてもらえない。

「あ…っ」

と、ふいに後ろから指が引き抜かれ、思わず引き止めようと飛鳥は腰に力を入れてしまう。

「物欲しげにヒクヒクしてるぞ…？」

嫌《いや》がらせのように耳元でささやかれて、飛鳥は唇をかみしめた。

しかし指先でなぞられたそこは、言葉通りに嫌らしくうごめいている。

「く…そ……やろ……っ」

飛鳥は必死に、涙目《なみだめ》で男をにらみつけた。

「さっさと……やればいいだろ……っ」

その言葉に、桂史郎がくすり、と笑った。

「まだまだ」

そしてさらりと言われた言葉に、飛鳥はハッとした。

「言えよ、飛鳥。ココに俺が欲しいって」

指先で入り口をなぞりながら、桂史郎が命じてくる。

「な…っ」

その言葉に、飛鳥は大きく目を見開いた。

「バカ…っ、そんなこと……言えるわけないだろ……っ！」

真っ赤になってかみつく。

「そうか？」

しかし気にした様子もなく、桂史郎は鼻で笑った。

軽い音を立てて、飛鳥の後ろに軽くキスを落とす。

そしていきなり、飛鳥の片腕《かたうで》を引っ張り上げて身体を浮かせると、そのままソファへうつぶせに寝《ね》かせた。

あっと思う間もなく腰だけが抱え上げられ、飛鳥は膝《ひざ》をついて腰だけを桂史郎に差し出すような格好になっていた。

「な…、やめろ……っ！」

思いきりばたついた飛鳥だったが、ほとんどソファを引っかくだけでろくな抵抗《ていこう》にもなっていない。

大きく足を広げられ、桂史郎の指先が再び後ろをなぶり始める。そしてもう片方は前にまわって、飛鳥の硬《かた》く張りつめたモノをそっと握りしめた。

「んっ、あ……は……、あぁぁ……」

飛鳥はギュッと目を閉じて、ソファの角へ頭をこすりつけた。必死に爆発《ばくはつ》してしまいそうな身体をこらえる。

強く弱くこすり上げられるたび、飛鳥の先端《せんたん》からは滴《しずく》がこぼれて桂史郎の手を濡らしていく。

同時に後ろに含《ふく》まされた二本の指が、飛鳥の中を巧みにかきまわしていく。

熱い内壁《ないへき》をこすり、飛鳥の敏感《びんかん》な部分へと攻撃《こうげき》を仕掛《しか》けてくる。

「あっ、あっ、あっ……あぁぁぁ……っ！」

ツッ、と突くようにクリッとそこが刺激《しげき》されるたび、飛鳥はたまらず腰《こし》を跳ね上げた。

頭の中がぼうっと白くにごってくる。熱く、蒸し上げられるように。骨の中まで溶《と》け落ちてくる。

どうにかしたいのに、桂史郎の残酷《ざんこく》な指が飛鳥の根本をとらえたまま、その流れをせき止めている。

そのまま、桂史郎は何度も指先でその部分を突き上げた。

「く…っ、ふ…、あ…っ、あぁぁっ……あぁぁぁぁぁぁ……っ！」

もはや息もできないくらい、飛鳥はあえぎ続けた。

「けい…っ、もう……っ！」

たまらずにうめく。

その言葉に、ようやく桂史郎が指を引いた。

「もう？」

耳元で低い声が笑う。

「言えよ、飛鳥。俺が欲しいって」

飛鳥は息を飲み、ぎゅっと唇《くちびる》をかむ。そしてようやく首をふった。

「なんだ、まだそんな余裕《よゆう》があるのか？」

おやおや…、と言いながら、桂史郎はさらに飛鳥をじらし続けた。

まるで、さっきの仕返しみたいに。

後ろは指と舌先でさんざんに愛撫され、前からは止めどなく先走りがこぼれ落ちる。

息もできないくらいの、苦しい快感だった。

「け…い……しろ……っ」

腰をふりまわしながら爪《つめ》でソファを引っかき、飛鳥はとうとうその言葉を口にした。

「欲し……い……」

ふっと、前をなぶっていた桂史郎の手が止まる。

背中からぴったりと重なるように、大きな身体がのしかかってくる。

桂史郎の硬い中心が飛鳥の後ろにあたって、飛鳥はさらに身体が熱く高まるのを感じた。

「もう一回……言ってみろ」

どこか真剣《しんけん》な声が、耳元に落ちる。

「欲しい……っ、おまえが欲しいから……っ。だから……っ」

もうじらさないで――、と飛鳥は涙をためた目で訴《うった》える。

桂史郎の腕《うで》が、飛鳥をソファから引きはがすようにして正面に向けた。

すくい上げるように飛鳥を抱《だ》きしめる。

「あぁ……」

その温《ぬく》もりに飛鳥は必死にしがみついた。

首に腕をまわし、強く引きよせる。

桂史郎の腰をはさみこむようにした飛鳥の奥へ、硬いモノが押しあてられる。

飛鳥は小さく息をつめて、それでもなんとか身体《からだ》の力を抜《ぬ》いていった。

「あ……っ」

一瞬《いっしゅん》の痛み——。

しかしそれはすぐに全身を飲みこんでいくような快感に変わっていく。

身体の奥まで、桂史郎がいっぱいに入っていた。

熱く、硬く、脈打っている。

そしてそのまま激しく揺《ゆ》すり上げられ、飛鳥は自分でもわからないまま声を上げていた。

「ああ…っ、あぁぁぁ……っ……、いい——……っ！」

激しく打ちつけられ、飛鳥はそのまま絶頂を迎《むか》える。

桂史郎もほとんど同時だった。

しかしそれでは終わらず、桂史郎はさらに腰を動かし始める。

「バカ…っ、もう……抜け……よ……っ」

ようやく息をついた飛鳥は目元を真っ赤にしながらうなったが、桂史郎は荒《あら》い息の下であっさりと言った。

「無理だな」

と、一言。

そしてさらに深く、汗《あせ》ばんだ飛鳥の身体を抱きしめる。腰を動かされながら、顎《あご》をとられ、奪《うば》うように唇がふさがれた。

「ふ…、あ……」

ようやく離《はな》されて、飛鳥は大きくあえぐ。

桂史郎も両腕《りょううで》で飛鳥の身体を引きよせたまま、深い息をついた。

「おまえだけじゃない…。俺だって……今までどれだけ我慢《がまん》してきたかわかるか？　おまえ、風呂《ふろ》上がりは平気で裸《はだか》でうろつくし、寝起《ねお》きの無防備な顔は見せるしな」

責めるように言われて、飛鳥は口をとがらせた。

「我慢できてねーから襲《おそ》ったんだろ。剣道《けんどう》、やってたくせに精神修養ができてねぇんだよ。二回も襲いやがって」

二回も、と嫌みたらしく飛鳥は言う。

「わかっててやってるのかと思ったが。俺を誘《さそ》って、挑発《ちょうはつ》してるのかと。あれじゃ、襲ってくれ、と言わんばかりだったからな」

「バ…バカっ！　そんなわけないだろっ」

淡々《たんたん》と言われて、思わず叫《さけ》んだ拍子《ひょうし》に中の桂史郎を締《し》めつけてしまい、桂史郎が小さくうめいた。

飛鳥も中の存在を思い出して、かぁっと頬《ほお》が熱くなる。

軽く揺すられ、だんだんと中に入ったままの桂史郎が硬く力をとりもどしていくのが身体の奥で直《じか》に感じられる。

「あ…」

いっぱいに飛鳥の中を埋《う》めつくしていく。

と、いきなり背中から抱き起こされ、そのまま桂史郎の膝の上に抱き上げられた。

「あぁぁぁ……っ」

さらに深く桂史郎が入ってきて、飛鳥は思わず声をほとばしらせる。不安定な体勢で、夢中で、しがみつくように桂史郎の首に腕をまわした。

「俺が好きだろう？」

飛鳥の肩口《かたぐち》に顎をのせて、桂史郎がどこか楽しげに尋《たず》ねてくる。

「言わねぇ…って……言ったろ……」

飛鳥は再び身体の奥でうごめき始めたものを押さえつけるように、声を押し殺してうめいた。

「相変わらず、学習能力がないな」

桂史郎が低く笑う。

そして軽く腰が揺すられた。

「あぁぁぁ……っ！」

瞬間、飛び散るように広がった快感の波に、飛鳥は身体をのけぞらせてあえぐ。

しかしそれからあとは桂史郎は腰を動かさず、ただ片方の手で飛鳥の前をしごいた。

「あっ…、あっ…、……あぁ…っ！」

桂史郎の肩《かた》にしがみついたまま、飛鳥はぎゅっと目を閉じて、身体の中で荒《あ》れ狂《くる》うものを必死にこらえる。

巧《たく》みな桂史郎の手に操《あやつ》られるように、飛鳥の前はあっという間に力をとりもどし、硬《かた》くしなり始める。桂史郎の手に撫《な》で下ろされるたび、ゾクッと震《ふる》えるような刺激が背筋《せすじ》に走る。

「あ……あ……」

指先で先端をやんわりともまれ、爪の先でいじられて、ビクビクッ…と腰が痙攣《けいれん》するように跳《は》ねてしまう。

さらに腰に力が入って、中の桂史郎の大きさを……硬さを感じさせられる。

「ほら…、もうこぼれてきたぞ」

くすくすと耳元で笑われて、飛鳥はぐっと唇をかみしめた。

たまらずにじみ始めた蜜《みつ》が桂史郎の指にからめとられ、それを塗《ぬ》りこめるようにしてさらに飛鳥の中心は桂史郎の手の中で張りつめていく。

「あ…、あ……ん…、んん……っ」

じりじりと、身体の奥から焼き上げられていくようだった。グラニュー糖がバーナーでこんがり焼き色をつけられるみたいに。

「あ……、け…しろ……」

何を求めているのかもわからないまま、早く早く…、とあせるような思いで飛鳥は腰《こし》をうごめかし、桂史郎の肩に爪を立てる。

「どうした？」

意地悪く、桂史郎が尋ねてくる。

「く…っ、ん……っ」

飛鳥は桂史郎の肩に額を押しつけたまま、押しつけるようにして腰をうごめかす。

桂史郎がぜんぜん動いてくれないから。

もっと……もっと、いっぱい、激しく突《つ》き上げて欲しかった。

飛鳥のすっかり硬くしなり、自分の先走りで淫《みだ》らに濡《ぬ》れたモノが桂史郎の腹にあたって、その刺激《しげき》にもたまらなく疼《うず》いてくる。

「俺におまえの中、突いて欲しいんだろう？」

言葉にして言われて、飛鳥はカーッと全身が熱くなる。

思わず涙《なみだ》をためた目で桂史郎をにらみつけた。

「さい……っ……てー……っ！」

絞《しぼ》り出すようにして、飛鳥はようやく吐《は》き出す。

「そんな目をしてもダメだ。おまえが素直《すなお》なのはこの時だけだからな」

すかした顔で言うと、桂史郎はくすり、と笑った。

「ほら。自分で動けよ」

軽くうながすように、背中にまわった手で腰がたたかれる。

「な…っ…、おまえ……！」

その言葉に、飛鳥は真っ赤になった。

「イキたいんだろ？」

「あぁぁ……っ！」

しかし前にまわってきた指で再び中心がなぞられて、飛鳥は大きく胸を反らした。

前も後ろも、体中がどうにかしてほしくてのたうってしまう。

「覚えてろよ……っ」

悔《くや》しまぎれにそう吐き捨てると、飛鳥は目を閉じて桂史郎の肩に手をおいた。

桂史郎の足の上に膝《ひざ》をつき、ゆっくりと身体《からだ》を持ち上げる。

ずるり、と桂史郎の大きなモノが抜《ぬ》けていく感触《かんしょく》に、ぶるっと身震《みぶる》いする。そのまま全部出てしまう前に、飛鳥は再び腰を落とす。

「あぁ……」

身体の奥がこすり上げられ、細胞《さいぼう》をかきまわされるような快感が沁《し》みこんでくる。

飛鳥は二回、三回、とそれをくり返し、だんだんと、無意識のうちにその動きが速くなってくる。

体中が、中から燃えるように熱を上げた。

「あぁ……っ、あぁ……っ、あぁぁ……っ！」

その熱に浮《う》かされるように、自分がどんな恥《は》ずかしいことをしているのかもわからないまま、飛鳥は腰をふり続けた。

「飛鳥……」

したたり落ちる汗をぬぐうように桂史郎の手が伸《の》びてきて、そっと飛鳥の頬を包みこむ。

「キス、してくれ」

かすれた声で、やわらかく言われる。

ふざけるな、と頭の隅《すみ》でそんな声が聞こえたような気もしたが、もう煮《に》つめられた意識の中ではほとんどまともな思考も働かない。

「あ……あぁ……」

飛鳥はうながされるまま、桂史郎の唇《くちびる》に自分の唇を重ねていく。

舌をからませ、むさぼり合う。唾液《だえき》がこぼれ、涙もポタポタと落ちていく。

「飛鳥…、俺が好きか？」

唇が離《はな》れると、続けて桂史郎が尋ねてくる。

意識はすでに朦朧《もうろう》として、身体は今にも爆発《ばくはつ》しそうだった。

もう何もかも投げ出したいのに、冷酷《れいこく》な指が飛鳥の根本をせきとめたままいかせてくれない。

飛鳥はとらえられた腰を強く押しつけるようにしてまわしながら、ほとんどうわごとのようにその言葉を口にしていた。

「あ……、好き……っ、も……好きだから……っ」

その言葉がすべり出したとたん、ふわっと身体の奥から何かが湧《わ》き上がってくる。

「好き……、けいしろ……」

――いつから。いつから好きだったんだろう……？

自分でもわからなかった。

気がつかないうちに……離れられなくなっていた。離れていくのが嫌《いや》だった。他《ほか》の誰《だれ》のモノにもなってほしくなかった。

いつでも……ずっと飛鳥のそばにいて、支えてくれた。

小さい頃《ころ》、公園のブランコで背中を押してくれた時から。鉄棒の逆上がりで、勢いをつけてくれた時から、ずっと。

「俺もだ…、飛鳥」

優《やさ》しい声がどこか遠くから聞こえてくる。

そして次の瞬間、飛鳥は大きく身体を揺《ゆ》さぶられた。

背中にまわされた腕《うで》が飛鳥を支え、下から激しく突き上げてくる。

「飛鳥…、愛してる」

熱くかすれた声。

桂史郎の熱に、思うまま身体の奥からおかされていく。突きくずされていく。

何度も、何度も。

食いつくすように、飛鳥の中へ入ってくる。

「あ…っ、あ…、あああぁぁぁぁぁぁぁぁ――……！」

自分が叫《さけ》んだことさえ、わからなかった。

自分を抱きしめる身体にしがみついたまま、飛鳥はいっぱいにふくらんだ前を弾《はじ》けさせ、そのまま一瞬《いっしゅん》、意識を途切《とぎ》れさせた。

「まだだ」

しかしどこか遠くで呼ぶ、そんな無情な声に意識が呼びもどされる。

「あ…」

ずるり、とようやく後ろから抜けていく感触に、飛鳥は小さくうめいた。

「俺が毎日、どれだけじらされていたか教えてやる」

そんなこと、飛鳥のせいじゃないのに。……多分。

しかしそんなことを言い返す気力もないまま、ぐったりとした飛鳥の身体がソファに横たえられる。

うっすらと目を開いた飛鳥の前に、桂史郎の顔が大きく浮かんだ。

昔からよく知っている——優しい顔。

桂史郎が指先でそっと飛鳥の唇を撫《な》でた。

にやり、とその顔が意地悪く笑う。

「デザートはこれからだ」


そのあと、リビングでどのくらいむさぼられたのか、覚えてはいなかった。

途中《とちゅう》からもう何がなんだかわからないくらいに乱れて。

何度目かのあと、桂史郎の部屋のベッドへ運ばれたことも意識になかった。

気がついたのは、翌朝目覚めた時で。

初めて見る天井《てんじょう》だった。壁《かべ》も、シーツの色も。

それでも、すっぽりと自分の身体を包みこむような大きな腕の感触には覚えがある。

安心したまま、飛鳥はぼんやりとまどろんでいた。

身体はだるくてだるくて、もともと臨時休業にしていたからよかったものの、とても仕事にはならなかっただろう。

やっぱりサイテーだ……っ、と頭の中では思うのに。

だけど身体の方は無意識に桂史郎の肩《かた》に顔をすりよせている。

「飛鳥」

いつから目覚めていたのか、桂史郎がそっと名前を呼んで、指先で優しく飛鳥の前髪《まえがみ》をなぞってくる。

「……おまえ、今度は間違《まちが》えてないだろうな？」

小さく、どこか拗《す》ねるように言った飛鳥に、桂史郎が静かに答えた。

「俺は間違ったことなんかない」

そんな桂史郎の答えなどかまわず、飛鳥は小さくうなる。

「一生…、許さないんだからな」

一生――。

放してやらない。

桂史郎が小さく微笑《ほほえ》んだ。

「一生、あやまらないけどな」

ふんっ、鼻を鳴らしてとがらせた飛鳥の唇の先に、そっと優しいキスが落ちてきた――。

end

あとがき

初めまして、の方も、いつもありがとうございます、の方も、こんにちは。ルビーさんではちょっと早めの刊行になりました。今回もシリーズとは別の単独の話になりますが、前作とはまたちょっと違《ちが》う雰囲気《ふんいき》ですね。

こちらのレーベルではわりと若いキャラで、可愛《かわい》いめのお話を書いてきたのですが、今回ようやく、と言いましょうか、おとなの二人です。二十八歳、同級生カップルですね。とはいえ、二十八歳というのは、私の書く話の中ではそれほど高い年齢《ねんれい》ではないのですが。十代の方からみれば、二十八というと結構「オヤジ」なのかなあ。私的には「まだまだ尻《しり》が青いわねっ」という気もするのですが。

もっとも今回の二人は、二十八歳とはいえ、飛鳥ちゃんは元気者ですし、桂史郎もいい性格なので、二人の掛《か》け合《あ》いがかなりテンポのいいお話なんではないかと思います。しかも、いまだかつて、強○されてこんなにいばっている受けがいただろうか…、と我ながらちょっと遠い目に。ま、まあ、愛あればこそ、と思っていただければと思います……。げふごふ。

そういえば先日、編集さんに「水壬《みなみ》さんの受けはみんないさぎよく脱《ぬ》ぎますね！」と言われてしまいました…（笑）そ、そうだったでしょうかっ？　過去はふり返らない性質なので（…
…単にトリ頭ともいう）まったく覚えていないのですが。でも今回は確かに、飛鳥ちゃんは勢いよく脱いでました…。恥《は》じらいがないっすね…。というか、そういう遠慮《えんりょ》のないところが、やっぱり同級生カップルなのかな（と、言い訳してみる）。

それはともかく、このお話は歯科医とパティシエという妙《みょう》な組み合わせの二人なのですが、実は週に二回、家から近くのショッピングモールへ車でご飯の買い出しに行く途中《とちゅう》、いつも止まる交差点のかどっこに、一階が和菓子《わがし》屋さんで二階が歯医者さんというマンションがあるのです。前を通るたびに見る二つ並んだ看板がおもしろくて。いつかネタに、と思っていたのでした。

内容的には、一言で言えば「意地の張り合い」かな。私は思いきり甘やかされる年の差カップルと同時に、同級生カップルというのがかなり好きなのですが、同級生カップルだと対等な分、どうしてもおたがいに意地を張ってしまうところが可愛いかなあ、と思うのです。これは高校生でも、いい年をしたおとなでも同じかな。たまの同窓会などでも、男の人っていくつになっても、それこそ、三十、四十をすぎたオヤジになっても、同級生相手に話していると結構子供に返ったりするようですし。どうやら、いい年をしたカワイイおとな、というのが私のツボの一つらしいです。

それにしても、今回は洋菓子屋さんが主人公ですのでケーキの描写《びょうしゃ》がたくさん出てこなくてはいけないはずなのですが、なぜかケーキより夕ご飯の描写の方が多いような。このあたり、如実《にょじつ》に自分の願望が表れております。いや、ケーキも好きですけど、それより毎日の食生活の方が切実なもので…（涙）私も飛鳥みたいに毎日お弁当かお総菜の日々ですので、気がつけばお料理上手なキャラをついふらふら〜と書いてしまってます。多いんですよね…、特にお料理上手な攻《せ》めが。理想です。

そして、歯医者です。歯医者さんを書くのは二度目なのですが、前に書いた時は受けの方が歯医者さんだったかな。攻めの歯医者というと、職業柄キチクなイメージなのかしら、と思うのですが、今回の桂史郎さんはタイトル通り（笑）忍耐強《にんたいづよ》かった……のかなあ。でも結局襲《おそ》ってるし。歯医者さんというと苦手な人が多いようですが、私は結構好きなのです。もちろん、あまり行かないにこしたことはないんですけども。いろんな機材だとか、いろんな色の小瓶《こびん》が並んでいるのを見ると、ちょっとわくわくします。治療《ちりょう》台の上で、目をつぶって口を開けているると、「もうどうにでもしてっ」という気分に。……はっ、もしや私って……？　い、いえ、行きつけの歯医者さんが一見恐《こわ》くて、厳しくて、でもおもしろい攻めタイプの先生だというのが影響《えいきょう》しているのかもしれません。

そういえば、せっかくだから治療台の上のえっち、というのを書いてみたいなぁ、と思いつつ、うまく入らなかったですね。また何かの機会にやってみたいと思います。

今回初めてイラストをいただきました桜城さんには、大変おいそがしい中をありがとうございました。いろいろとご迷惑《めいわく》をおかけして本当に申し訳ありませんでした。色っぽくカッコイイ桂史郎さんと、負けん気の強そうな飛鳥ちゃんがとても素敵《すてき》でカラーで見られるのを楽しみにしております。編集さんにも相変わらずいろいろとお手数をおかけしました。なんか、あまり進歩している感じではありませんが（退化はしているような…）、懲《こ》りずに今後ともよろしくお願いいたします。

そしてこの本を手にとっていただきました皆様《みなさま》にもありがとうございました！　二人の掛け合いにくすっと笑っていただければ幸せです。次回は、ルビーさんではちょっと間があくのかな。「月ノ森」のシリーズか……うーん、別のお話かもしれませんが、またおつきあいいただければうれしいです。

それでは、またどこかでお会いできますことを祈《いの》りつつ——。

9月　食欲の秋。焼き鳥がマイブーム……って、オヤジ……？

水壬楓子

KADOKAWA RUBY BUNKO

歯科医《しかい》は愛《あい》を試《ため》される

水壬楓子《みなみふうこ》

角川ルビー文庫　R86-5　13135

平成15年11月１日　初版発行
平成15年12月５日　再版発行

発行者――井上伸一郎
発行所――株式会社角川書店
東京都千代田区富士見2-13-3
電話/編集(03)3238-8697
営業(03)3238-8521
〒102-8177　振替00130-9-195208
印刷所――旭印刷　製本所――コオトブックライン
装幀者――鈴木洋介

ISBN4-04-447605-5　C0193　定価はカバーに明記してあります。

水壬楓子
イラスト／せら
寮長様とヒミツの契約
きかん気なシンデレラと
横暴な寮長様の、
男子寮♥主従関係ラブバトル!
—思いきり、感じてろ。
寮で暮らすことになった一真。
クールで美形な寮長とカゲキな取引をしてしまい…!?

会長様とキケンな密約
水壬楓子
イラスト/せら
プチ二重人格の美人生徒会長と、
タフで俺様な野獣系転入生の、
めくるめく放課後ラブゲーム♥
俺に抱かれるの、好きだろ？
生徒会長の那智は、お気に入りの昼寝場所で
転入生の成海と出会い、勢いでHしちゃって…!?

ルビー文庫

ルビー文庫
きっと最高のロマンス！
水壬楓子
Minami Fuuk
小国の王子様・倭《やまと》が取引をした美貌の男は、
世界的に有名な翻訳家・伊吹で……!?
イラスト／樹要

鹿住 槇
イラスト／九条AOI
……愛してるんだって。
いい加減、わかれよ。
ココロ置き去り。
カラダ先行☆ラブストーリー！
夢中にさせて、させないで。
かわいい高校生・汀は、二枚目サラリーマンの八木に一目ぼれ。
慣れたフリをして彼を誘うが…!?

さあ、授業を始めるよ。
家庭教師《ラブティーチャー》は不遜《ふそん》なオオカミ
家庭教師は、超美形&大秀才!
なのにとってもイジワルで、
いろんなコトを教えられちゃ
う省真だったけど…!?
水島 忍
イラスト/すがはら竜